LA ULTIMA SEDUCCION

LA ULTIMA SEDUCCION

Linda Berrón

Editorial Costa Rica

LA ULTIMA SEDUCCION

Apartado Postal 10010-1.000, Ciudad. Tels. 33-5857, 23-9303, 23-7513, 23-4875. Fax: 22-93-03. San José, Costa Rica.

Dirección de producción editorial y edición de Dennis Mesén Segura.
Control de producción editorial de Germán Hernández Valle.
Composición tipográfica de Marden Vargas Araya.
Corrección de pruebas de Hernán Elizondo Arce.
Artes finales de Harold Quesada Monge.
Diseño de cubiertas de Fernando Castro Zamora.
Edición revisada, corregida y autorizada para su impresión por su autora.

Primera edición 1989, aprobada por la Junta Directiva en Sesión 1.206. Hecho el Depósito de Ley. Impresa y hecha en Costa Rica por Varitec S.A. en el mes de noviembre de 1989 con un tiraje de 2.000 ejemplares en papel bond y cartulina barnizable.

863.6
B533u Berron Sañudo, Linda
La última seducción / Linda Berron. -- 1. ed.
-- San José: Editorial Costa Rica, 1989.
136 p.; 19 cm.

ISBN 9977-23-510-4

1. Cuentos españoles. I. Título.

DGB/PT 89-037

ADVERTENCIA

INDICE

Pág.

PROLOGO
Carmen Naranjo 9

Buscaba el amanecer 15
La última seducción 51
Los manuscritos de Qumram.............. 55
El tercer anónimo 67
Aurora imposible.................... 79
La fotografía.................... 83
Morir en la biblioteca 89
La puerta abierta.................... 95
Al parecer un mendigo 97
La imagen en el espejo.................... 101
La llave 107
La última voluntad 109
Ese enfado en los ojos.................... 111
La primera vez.................... 115
Cuál nombre decir.................... 123
El albatros del Emperador Yunán 127

PROLOGO

Carmen Naranjo

Aprendí de Amalia de Uribe, estudiosa de los títulos que escogemos los escritores para nuestras obras, que no son fruto del azar sino en cierta forma la síntesis de lo que queríamos expresar.

La última seducción *de Linda Berrón, colección de dieciséis cuentos, nos seduce en el relato de una historia y nos vuelve a seducir en cada nueva obra. Uso el verbo en el sentido de cautivar el ánimo, de placer de lectura, de desviar hacia otros mundos en el que hay partes que coinciden con el nuestro.*

Con Linda Berrón trabajo como dos compañeras que saben oírse, sin la distancia de la maestría ni toma de alturas, simplemente como dos mujeres de oficio que a veces se equivocan y a veces aciertan. Lo que cada una deja, es lo que cree pueda interesar a otros.

La enseñanza de desmitificar el arte de escribir, que es un oficio como cualquier otro, lo hemos aprendido de los grandes. Sólo así se aprende, se enseña y se entrega un libro trabajado en la vigilia de la creación.

Linda tiene su propia perspectiva de lo que es un cuento:

El cuento es una flecha que parte de una imagen o de un fantasma y se dispara en palabras hacia el final, un personaje que evoluciona, se hace o deshace, un hecho que se precipita y sorprende, un caracol que se desliza regodeándose en cada hierba por amor a la suavidad. ¿Y el despliegue lingüístico?, ¿y el famoso vuelo de las palabras?, un cuento que se cuenta a sí mismo, ensayo sobre el ombligo fabulador.

Cada escritor debe leer con atención el famoso ***Decálogo del perfecto cuentista****, que escribió Horacio Quiroga y que dice así:*

Primero: Cree en el maestro –Poe, Maupassant, Kipling, Chejov– como en Dios mismo.

Segundo: Cree que tu arte es una cima inaccesible. No sueñes en dominarla. Cuando puedas hacerlo lo conseguirás, sin saberlo tú mismo.

Tercero: Resiste cuanto puedas a la imitación, pero imita si el influjo es demasiado fuerte. Más que cualquier otra cosa, el desarrollo de la personalidad es una larga paciencia.

Cuarto: Ten fe ciega no en tu capacidad para el triunfo, sino en el ardor con que lo deseas. Ama a tu arte como a tu novia, dándole todo tu corazón.

Quinto: No empieces a escribir sin saber desde la primera palabra adonde vas. En un cuento bien logrado las tres primeras líneas tienen casi la misma importancia que las tres últimas.

Sexto: Si quieres expresar con exactitud esta circunstancia: *desde el río soplaba un viento frío*, no hay en lengua humana más palabras que las apuntadas para expresarla.

Sétimo: No adjetives sin necesidad. Inútiles serán cuantas colas adhieras a un sustantivo débil. Si hallas el que es preciso, él solo tendrá un color incomparable. Pero hay que hallarlo.

Octavo: Toma los personajes de la mano y llévalos firmemente hasta el final, sin ver otra cosa que el camino que les trazaste. No te distraigas viendo tú lo que ellos no pueden o no les importa ver. No abuses del lector. Un cuento es una novela depurada de ripios, ten ésta como una verdad absoluta aunque no lo sea.

Noveno: No escribas bajo el imperio de la emoción. Déjala morir y evócala luego. Si eres capaz entonces de revivirlo tal como fue, has llegado en arte a la mitad del camino.

Décimo: No pienses en los amigos al escribir, ni en la impresión que hará tu historia. Cuenta como si el relato no tuviera interés más que para el pequeño ambiente de tus personajes, de los que pudiste haber sido uno. No de otro modo se obtiene la vida en el cuento.

El siempre querido Julio Cortázar aconseja lo siguiente:

Cuenta como si estuvieras leyendo algo que ha nacido por sí mismo, en sí mismo y hasta de sí mismo.

Pablo Neruda anota: Mis criaturas nacen de un largo rechazo, *seguramente porque son los fantasmas que menciona Linda o las obsesiones que rodean con tanta facilidad a los escritores.*

El cuento es un género muy antiguo. Se cuenta sin necesidad de un libro: cuentos de amor, de miedo, de misterio, de odio, de rivalidades, de premoniciones, de destinos, de seducciones. Parte de la historia y de las experiencias personales van quedando en los cuentos.

Juan Bosh escribe que:

Cuento quiere decir llevar cuenta de un hecho. La palabra proviene del latín computus, y es inútil tratar de rehuir el significado esencial que late en el origen de los vocablos.

Llevar cuenta es ir ceñido al hecho que se computa. El que no sabe llevar con palabras la cuenta de un suceso, no es cuentista.

Saber comenzar un cuento es tan importante como saber terminarlo. El cuentista serio estudia y practica sin descanso la entrada del cuento. Es en la primera frase donde está el hechizo de un buen cuento; ella determina el ritmo y la tensión de la pieza. Un cuento que comienza bien casi siempre termina bien.

El cuento es el tigre de la fauna literaria; si le sobra un kilo de grasa o de carne, no podrá garantizar la cacería de sus víctimas.

Agrega también Juan Bosch:

El escritor de cuentos es un artista; y para el artista –sea cuentista, novelista, poeta, escultor, pintor, músico– las reglas son misteriosas, escritas para él por un senado sagrado que nadie conoce; y esas leyes son ineludibles.

Da Bosch dos leyes para el cuento: la ley de la fluencia constante, la acción no puede detenerse; y, la ley de que el cuentista debe usar sólo las palabras indispensables para la acción.

Ejemplos de lo aconsejado por los maestros, encontrarán los lectores en ***La última seducción*** *porque Linda Berrón los escribió en esa hora en que se anhela ser lo más auténtico y también lo más inesperado, salirse de la circunstancia y de uno mismo, para abrir esa puerta de todos los días que da a la calle cotidiana de siempre y, sin embargo, encontrar un río con delfines, un mar de tortugas doradas o una selva con la mandrágora en el centro.*

A Gerardo

BUSCABA EL AMANECER

Buscaba el amanecer
y el amanecer no era
LA SANGRE DERRAMADA,
F. García Lorca

Miércoles 13 de Marzo

Hoy es miércoles y asistiré al taller, no sé por qué, sí, sí lo sé, sólo por ella, porque escribir no he escrito nada coherente, puras cuartillas, ¿polillas?, que revolotean alrededor de algo luminoso que se me escapa, el fruto imposible, higuera seca, mula estéril, escribo y rompo, rompo y escribo, reitero y repito las mismas ideas para un simple cuento. No sé qué me pasa, estoy agotado, creo que debería llevar una libretita, SOS, aparte de este diario, algo en la bolsa del pantalón, cerca de, para apuntar las vainas que se me ocurren de vez en cuando, o que veo, o que oigo, o que me explotan en el hígado, tal vez ésa sea también una buena idea para ese personaje mío, pobre Eugenia, que quiere escribir y no puede, desplaza su obsesión y empieza a apuntar de todo, libreta escrupulosa, creyendo que después podrá armarlo en un cuento. Podría apuntar por ejemplo la sensación fugaz y placentera de acariciar el cabello de un alumno o la inquietante infracción de hundirse en la línea palpitante bajo el escote de una mujer sentada en el bus, justo debajo de ella, muy cerca de su vientre, aunque esto tal vez no lo apuntaría nunca, creo que las mujeres no se plantean la atracción sexual entre ellas en términos tan obvios, a no ser que quiera hacer patente la ambigüedad sexual del narrador, ¿un narrador tiene sexo? Se supone que va a ser una mujer de clase media-media, media mujer, es más verosímil que se preocupe por cuestiones socio-sentimentales con un toque de idealismo y desencanto, por ejemplo el caso de Omaira-muerte-espectáculo-del-mundo en el lodo, o el de la anciana-qué-importa enterrada viva por indecisión burocrática del enterrador, no le pagan por resucitar Lázaros, o un poco más acá, o más allá, depende, la complejidad del mundo geográficamente más cercano, ajedrez, ping-pong político, la guerra en Centroamérica, en otros países, aquí el poso histórico de trasegar cualquier cosa rentable, o también más lejos, el espectáculo dantescogoldiniano de los ancianos arrojados desde helicópteros en Afganistán, tiro al plato, el deporte de matar, la masacre de La Cruz, cabeza de cerdo, señor de las moscas por doquier, acorralando, jodiendo la vida, sin dejarlo a uno comer tranquilo y además por qué no, el SIDA o Halley o la evasión más completa porque lo lejano siempre es mejor, los quasar, PK-S-2000-330, a doce mil millones de años luz, pensar en eso, al mismo nivel, en la misma libretita, increíble collage, podría resultar, si el caos que me tengo es tan jodido lo mejor que puedo hacer es recuperarlo, institucionalizarlo, proyectarlo en mi literatura y la libreta de mi personaje y mi diario y mi cuento y mi vida perderían las orillas, retornarían al caos inicial donde todo era primigenio y hermoso, todo se impregnaría del amor herido, estatua de yeso, que me llevó a fundar este diario, mi amor imposible como son los grandes amores, encarnado en Ana Lucía, mi vida, vida mía, cómo te quiero, cómo te deseo, te beso en la boca, así como ahora me muerdo los nudillos hasta lastimarlos, me acaricio con tu mano, mi pantalón se inflama, las hormonas conectadas con la creación literaria, soy un caso, creo que voy a empezar otra vez, luego sigo escribiendo si me quedan ganas.

* * *

Hace más de cuatro meses que tiene un cuento en la cabeza y ha sido incapaz de escribir una sola línea. ¡Qué desazón más estúpida!, se dice Eugenia, como si llevara cuatro meses sin ir al excusado y le dolieran las entrañas de tanto acumular desechos. Le salió un salpullido en la piel y todas las mañanas amanece con tortícolis.

Le dio por leer artículos y ensayos de crítica literaria, de ésos que se leen como novelas, sin creer en nada y cuanto más leía menos entendía cuál podía ser su papel. Supuestamente el texto salía casi solo, expulsado, parido, ¿de dónde?, grietas, sueños, contradicciones, inconsciente colectivo, modos de producción, instituciones que lo atraviesan a uno desde afuera, determinismo previsible, pero nada, en el centro un hueco, pura posibilidad sin germinar.

Se levanta en las mañanas con una distimia espantosa que todos en la casa han aprendido a ignorar más que a tolerar. Prepara el desayuno, el café chorreando, la leche al baño María, la papaya o la piña, según, en cuadritos, las tostadas rompiéndose al untar la margarina, soportando a duras penas la algarabía matutina de los niños antes de ir al colegio y la gravedad culpabilizadora de la madre.

Finalmente los niños se van. La madre en bata, queda recogiendo la mesa y Eugenia la mira sin sentir nada. Hasta luego, mamá, le dice, cuando llegue Lala le dices que limpie los vidrios de los cuartos, si sigue en esa vagabundería en unos meses más no vamos a saber cuándo amanece. La madre susurra como siempre frases sin principio ni final... de por sí...

Mientras sale de la casa piensa que es tan falsamente sumisa que da pena y ella tan falsamente rebelde que da risa.

El bus atestado como siempre. Debería ir caminando, se repite como cada día, un juego, porque siempre acaba haciendo fila, apretujándose para que el bus se colme como un grano a reventar. Corta la comunicación con su cuerpo para no sentir los codos que se clavan, los pisotones, el coctel de olores, mirando a lo lejos por un hueco de la ventanilla porque lo lejano siempre es mejor y piensa en el cuento que la obsesiona desde hace cuatro meses.

El cuento es una flecha que parte de una imagen o de un fantasma y se dispara en palabras hacia el final, un personaje que evoluciona, se hace o se deshace, un hecho que se precipita y sorprende, un caracol que se desliza regodeándose en cada hierba por amor a la suavidad. ¿Y el despliege lingüístico?, ¿y el famoso vuelo de las palabras?, un cuento que se cuenta a sí mismo, ensayo sobre el ombligo fabulador.

Se mira los pies anónimos esforzándose por reconocerlos como suyos. Nunca voy a renunciar al sentido, piensa, aunque sea imaginario, si no, ¿cómo sostenerme? El bus frena de golpe, chirriando, se amontonan hacia adelante. Esto debe tener algún sentido, se dice oblicua sobre el vecino, postura de hipotenusa a lo Molloy. Recupera el equilibrio inestable y recueda al personaje que tanto ha llegado a querer.

* * *

Qué fue, me preguntas, lo que te atrajo de mí y sonríes para que no dude ni un instante porque sabes que me vences de antemano cuando ríes. Tu sonrisa, te respondo, consciente del juego, presa de la pasión y la ternura, perdidamente fascinada en la comisura de tus labios como la primera vez...

* * *

Durante la mañana piensa en él, desdoblada, mientras da la misma clase de ciencias de todos los años. Hoy es miércoles, se dice esperanzada y recuerda aquella noche cuando estaba sentada a la mesa del comedor corrigiendo tareas escolares. Como ahora, cada gesto, cada trazo rojo sobre las redondas letras infantiles, era viejo, insignificante, con el vacío rancio de lo repetido hasta la saciedad. En la paz ansiada de las nueve de la noche sonó el teléfono, ¿Eugenia?, era Ana Lucía, un batir de sienes acompañó el recuerdo de su largo cuello de Nefertiti reencarnada. Mira, te llamaba a ver si quieres participar en un taller literario. Un taller literario, un torneo medieval, un salón del siglo pasado, un ghetto, no disimuló su extrañeza, ¿un taller literario?, ¿quién lo da? ¡Eugenia, siempre tan didáctica!, nadie lo da, nosotros nos lo damos. Va a ser los miércoles a las seis en la galería de Flory, ¿recuerdas?, recordaba, Galería Mántica, una grieta sutil en la realidad cotidiana. ¿Vendrás Eugenia, a ti te gustaba escribir, no? Sí, le contestó sin remedio. Te va a gustar, vas a ver, toda la gente muy buena nota. Yo te llamo, contestó Eugenia antes de colgar, presintiendo que no iba a ir.

Recuerda claramente aquella sensación de avestruz o caracol y sin embargo sí fue. Lo fortuito se impuso, pura coincidencia, evitándole así el dolor de decidir. Aquel primer miércoles salía de la escuela con un enorme paquetón de cuadernos en el regazo cuando se cruzó con Zaida en el corredor. Agitaba las llaves del auto en la mano, ropa, uñas, pelo, impecables, de soltera. Eugenia, voy para tu barrio, ¿quieres que te lleve? Pensó en el bus, en los cuadernos y dijo que sí.

La miraba manejar, prender intermitentes, cambiar marchas, se hizo grande a sus ojos por el solo hecho de dominar una máquina con aquella soltura. Me gustaría aprender a manejar, recitó Eugenia como si hablara del mar. ¡Es superfácil!, se soltó la verborrea de Zaida, yo no podría vivir sin carro, venir de la casa a la escuela, después al nocturno, varias tardes a la U y el brete de la ropa de Panamá, imagínate, todo eso en bus o en taxi. Se lo imaginaba. De pronto se sorprendió a sí misma cuando se oyó decir: esta tarde voy con Ana Lucía a un taller literario. ¿De veras?, ¡qué interesante!, dijo Zaida sin fingir, ¿y qué hace Ana Lucía ahora? Eugenia miró por la ventanilla el caño atestado de basura, no sé, hace tiempo que no la veo, contestó.

Al bajar del carro un viento tardío de marzo arrastró una dócil manada de hojas secas hasta sus pies. Eugenia se preguntó entonces qué tenía que ver el taller literario con aprender a manejar.

Ese día, una luz presentida en el fondo del túnel, se le hizo más llevadera la presencia asmática de Lala en la cocina, el revisar de cuentas apretadas al final de la quincena y la pelea de cachorros vitales a la hora del almuerzo. Se sentía menos vulnerable a la tristeza. La madre la miraba de reojo, nunca pudo comprender que alguien pretendiera ser feliz en este valle de lágrimas.

Muy temprano empezó con lentitud la ceremonia de arreglarse frente al espejo, planteándose a cada paso una insidiosa alternativa: sombra azul en los párpados o café, el cabello liso o rizado, pantalones o falda, colores oscuros o claros, la blusa amplia o el suéter ajustado, ¿para quién se estaba arreglando? ¡Doña!, interrumpió Lala silbante, como siempre sin llamar, se me olvidó decirle que esta mañana vino una muchacha y le dejó esto, le alargaba un sobre amarillo. Gracias y reconoció de inmediato la letra filiforme de Ana Lucía en la tersura del sobre.

Eugenia:

Olvidé decirte que para esta primera sesión hemos planeado una dinámica especial. Todos deben llevar una máscara o un antifaz y una sábana.

¡No faltes, a las 6 p.m.!

Besos

Ana Lucía

Besos Ana Lucía, repitió en voz alta. Siempre ocurre algo importante a las seis, ¿o era a las cinco de la tarde?, dudó.

* * *

Miércoles 20 de marzo

Si no fuera locura, diría que te quiero, que me extravío en tu cuello de Nefertiti, en tu ojo izquierdo, verde oscuro y miel, como tu carne en mis sueños, deseo infractor que recorro rasgando el triángulo primordial.

* * *

La idea de las máscaras debe ser suya, pensó Eugenia y se dirigió al rincón del closet. Abrió la caja de cartón con polvo de años y encontró la máscara de papel maché que Ana Lucía le había traído hacía tiempo de Venecia.

Miró sus ojos vacíos, las finas cejas contrariadas, la boca ensayando una sonrisa y una lágrima redonda y rosada en la mejilla derecha. Tendría que ser una sábana oscura, pensó al contemplar su palidez.

Salía con la máscara y la sábana en la mano cuando se cruzó con su madre. Voy a salir a una reunión... a una reunión... repitió su madre. Así es, probablemente llegue un poco tarde... un poco tarde... ¡Todos los miércoles voy a llegar un poco tarde!, gritó de una vez. Guardó la máscara y la sábana en una bolsa y entró en el cuarto de los niños. Hacían tareas sobre la mesa, milagrosamente silenciosos. Les dio un beso culpable y se fue pensando que además de madre-padre-hija, profesora, usuaria cotidiana del bus y cliente semanal del supermercado, tal vez podría ser también escritora.

La puerta de la galería estaba abierta, el interior vacío. Un foco iluminado en la frente de la pared parecía hipnotizar, atraer, desorientar. Lo demás, oscuridad, penumbra colgando de los cuadros. Sólo pudo distinguir un dibujo de Fernando Castro que había visto hacía poco en una exposición, precisamente el dibujo que le había cortado el aliento por un instante. También ahora dejó de mirarlo con mala conciencia y tropezó con una pequeña mesa en el centro de la sala. Sobre ella una cartulina escrita en porosa letra de pilot:

> PONGASE LA MASCARA Y LA SABANA
> Y ESCONDASE EN UN RINCON.
> CON LOS OJOS CERRADOS, ESPERE.
> AL OIR LA MUSICA, VAYA AL SALON
> DEL FONDO.

El dibujo miraba su nuca, un nudo, me quedo o me voy, se preguntó, aún puedo irme, pero ya estaba abriendo la bolsa con una voluntad que no le pertenecía totalmente. Se amarró el lazo de seda de la máscara y envuelta en la sábana se acurrucó en un extremo de la sala.

Oía el viento ¿de la desgracia? y a veces el acorde metálico de la tapa de la alcantarilla cuando pasaba un auto por la calle. Ovillada sobre sí misma, empezó a sentirse diminuta y el absurdo inició su acoso desde la oscuridad: qué pensaría Eduardo si la viera allí, qué refrán sin segundo término musitaría su madre, cómo colocar esta pieza sin rubor ninguno en el mismo rompecabezas de sus hijos a la mesa, una explicación aburrida de la fotosíntesis, pasar lista o cambiar puntualmente el giro de la pensión alimenticia, canicas en un plato oscilante, ocultas por una máscara nueva. Imaginó que alguien entraba por la puerta entornada y anunciaba la suspensión del taller, pero el añorado deux ex machina faltó por enésima vez a la cita.

Se mantuvo en posición fetal hasta que empezó a sonar un tambor lento y grave, ¿ceremonia de iniciación o de guerra? Después otros tambores iniciaron un contrapunto de notas más agudas y breves.

Al encenderse algunas luces indirectas, Eugenia vio tres sombras que emergían del fondo de la sala. Dos figuras blancas se acercaban a la puerta al mismo tiempo que ella. Una portaba una máscara feroz de yute, cejas rojas y puntiagudas. La otra era un payaso triste. Eugenia hizo un gesto invitándolas a pasar y se quedó frente a la otra figura, hierática, la sábana azulnegra caía de sus hombros con una gravedad sacerdotal. Llevaba un antifaz dorado con plumas rojas y amarillas en los extremos. Cuando estuvo a un paso de ella, la parte verdadera de su rostro sonrió.

* * *

Tu sonrisa atravesó fibra tras fibra la aridez de mi carne, llegó a lo más profundo y hurgó hasta encontrar el lugar más blando y cálido de mi cuerpo y allí anida desde entonces.

Ese día y todos los que siguieron fueron existencialmente distintos, porque un ser enamorado piensa, siente y percibe de manera diferente, perdido en una fabulosa distorsión de los sentidos.

* * *

Hoy es miércoles, se dice esperanzada, y el conjuro hace descender otra realidad, luminosa, libidinosa sobre al aula. Entorna los párpados y los niños disueltos por la luz son un cuadro impresionista. Eugenia camina entre los pupitres y tiene que toser o dar una palmada o escribir algo en la pizarra para sentirse parte de aquella realidad y arrancarse de la otra, acechante, donde habita el cuento que no sabe cómo empezar.

* * *

Llegaste a la galería un miércoles poco después de las seis. Ana Lucía leía un cuento de amor cuando el aire se me hizo particularmente liviano y un cierto resplandor llegó a mis párpados desde el lado izquierdo de la sala. Tuve que mirar allí y encontré tu cuerpo vertical y maciso frente al dibujo de tinta china.

Un dolor de herida repentina me produjo la inmensidad de tu espalda, la imposible armonía con tus piernas frágiles de ciervo. Sobre tu cabello casi azul, un hombre de tinta se desplomaba herido por una ráfaga negra. Tú podrías sostenerlo, pensé, salvarle de la muerte izándolo en tus brazos, y quise ser él, te lo dije con el aliento quemándote en la nuca y te volviste a mirarme con tus ojos de jaguar verdemiel. Las palabras de amor del cuento se posaban para observarnos con su ojo inquieto y redondo de paloma.

Ese día te acercaste al grupo y nadie recordó después por qué llegaste, quién te dijo. Estabas allí como si hubieras estado siempre.

* * *

Hoy es miércoles, se repite mientras observa a través del vidrio sucio una huerta calcinada. ¡Profesora!, ¿sí?, empuja el miércoles hacia atrás, lo presiona contra el hueso para que calle y deja afuera una máscara sonriente, si mijita, no es casi nadie, una pequeña, uno más, le dan tanta pena como ella misma, atrapados en la misma trampa de levantar la mano, hacer fila, cantar el himno, botar el chicle, recoger el giro con un gesto de fastidio, cuando sea grande voy a ser profesora, qué bien mijita, escribirás todos los días, con una bonita letra, la fecha del día en la pizarra y nunca será miércoles, aunque aprendas a manejar un carro con soltura o vendas bolígrafos, sombras de ojos o blue-jeans de contrabando a la hora del café, te pondrás afónica los primeros días y después ya no sentirás nada porque esto camina solo, aunque llegues a directora o supervisora, coto masculino, ¿por qué mejor no cultivas fresas?, no es sólo la miseria del salario, es que la labor sumisa de reproducir cansa tanto, reseca tanto, Eugenia acaricia los colochos negros y brillantes, se detiene a tiempo, es peligroso demostrar amor y le dice: vuelve a tu sitio como una niña buena y obediente y repasa en tu libro de colores las mil y una formas que tienen los seres vivos de sobrevivir en este mundo.

Eugenia trata de ignorar el espesor del ambiente durante el almuerzo. Hay ruido, se habla, los cubiertos chocan, se oye el caos de la cocina mezclado con la tos de Lala y lo importante como siempre, no se dice: hoy es miércoles.

Esta mañana nos dieron el calendario de exámenes, dice el mayor y ella pregunta, hace tiempo que no hojea sus cuadernos, qué materias, qué dudas, qué tal los profesores, cómo... cuánto interés... la madre dispara al puro centro, al rincón legislador del cerebro, Eugenia, tocada, se rebela, trata de erguirse, el acopio extraordinario de fuerza explota sin control ni dirección, estrella la cuchara, no te metas, me oyes, son mis hijos y corre a encerrarse en su cuarto, sin ver la sonrisa inacabada de la madre, rabiando porque ni siquiera puede escribir.

Sola en un rincón se deja, qué queda, decir sí porque sí, afirmarse por la afirmación misma, jugar a que se quiere algo verdaderamente, que una identidad compacta se mueve como un todo dentro de la piel, hacer rompecabezas y decir son mis hijos, es mi vida y buscar un sentido.

Eugenia se marcha dejando sobre la mesa rencor y perplejidad. Se acomoda junto a la ventanilla del bus y se relaja: primero el candado del entrecejo, luego las mandíbulas, la laringe, la boca del estómago, los músculos de la espalda, del vientre, de la pelvis, las rodillas se ablandan, los párpados pesan, relajo mortis, el bus ha llegado en seguida, la brisa es fresca, los robles de la avenida están florecidos, todo parece estar bien en el peor de los mundos.

La periférica ha dado la vuelta a la ciudad y regresa al punto de partida. Camina por la vía del tren pisando con cuidadoso deleite los durmientes renegridos. **Tan cómodo sentirse culpable, tan socorrido. uno acepta las orejas de burro en un rincón del aula y listo, viva la reconciliación aunque sea a costa de...**

En el parque escoge un palo de mango pequeño y retorcido con el tormento de quien imita a un olivo y se sienta a la sombra. Tiene su encanto esperar, la ilusión del minuto siguiente distinto al actual, esperar que sean las seis y luego acercarse a la larga tapia de cal blanca, veraneras amarillas, empujar la puerta negra, hierro en punta de diamante, sentarse y esperar que tarde o temprano llegue él, ¿él, Carlos?

* * *

Cuando no llegabas a las reuniones la desazón mal disimulada nos impedía comenzar. Demorábamos cualquier decisión, cualquier plan hasta que tú llegaras. Terminábamos entonces hablando de ti.

Un día comprobamos desconcertados que todos habías soñado contigo. Uno de nosotros contó el sueño que tuvo y después siguieron los demás. Siempre aparecías tú, acariciando, sonriendo, nadando bajo un solo anaranjado.

No era un secreto que todos en el grupo te queríamos, cada uno desde su gruta particular, proyectando sobre ti sus deseos más queridos. Eras hijo, hermano, amante, amigo, hombre, mujer, abeja azul, papagayo de plumas coloradas, rompecabezas de mil sueños, laberinto de fantasmas, chivo expiatorio a la inversa que carga sobre su espalda delgadísima nuestros sueños imposibles. Eramos radios en torno a tu centro, eso nos unía, nos mantenía enlazados cuando todo lo demás fallaba.

* * *

Nadie ha traído nada para leer, lo ocultan como pueden, hablan de un recién muerto, balance final, inventario de elogios y serruchadas, la última novela, el último ensayo, y nosotros, se preguntan, un hueco compartido por decir algo, qué paradoja, un taller donde no se escribe nada, qué manía de producir, qué importa si estamos juntos y lo pasamos bien, hagamos tres tiendas, no es suficiente, hay que escribir, si al menos diera con la frase inicial, lo demás es como jalar de un ovillo, no creen, recorrer casi a ciegas el laberinto.

Pensemos entonces en principios, pero cuáles, hay tantos principios, dónde cortar, con qué gesto, yo prefiero los contundentes como la quinta de Beethoven: Al senador Onésimo Sánchez le faltaban seis meses y once días para morirse cuando encontró a la mujer de su vida, o aquéllos que anuncian sin artilugios la tragedia que se avecina: El día en que lo iban a matar, Santiago Nassar se levantó a las 5:30 de la mañana para esperar el buque en que llegaba el obispo, es demasiado obvio, para qué abrumar al lector con tanta certeza, yo prefiero el misterio, la sugerencia, un jeroglífico al principio del texto: Si en el principio de todo esto que termina se encuentra aquella mujer, entonces estoy de nuevo allá, en aquel parque atardecido luego de salir de la oficina, me gusta, una puerta equívoca es lo mejor para abrir un texto que perdió la exactitud, o tal vez así, ingenioso: El hombre era alto y tan flaco que parecía siempre de perfil, los mejores son los lúdicos, como los acordes de Peer Gynt: Si se tratara de verduras, el único ejemplo que se me ocurre es el ajo que viene en manada envuelto en papel de regalo, lo que no soporto son los principios tautológicos, voy a contar un cuento o no voy a contarlo o hace más de cuatro meses que tiene un cuento en la cabeza, busquemos algo nuestro, para qué copiar de un museo que ya hiede, hagamos un principio entre todos, cada uno una palabra:

d e t e s t o

c u e n t o s　　　　　e s c r i b i r

a q u í　　　　　i m p o s i b l e

c o n t a r

vaya, eso parece una conclusión, nada tiene, se puede empezar por el final, como en el eterno retorno, después del final siempre hay una Edad de Oro, qué fe.

* * *

Habías llegado tarde como de costumbre y el grupo se debatía, Laoconte, con la serpiente de la impotencia, buscarle una justificación al miércoles aparte del placer de estar juntos, en especial del placer de estar junto a ti.

Sentado en el suelo, postura de loto, a los pies de Ana Lucía, te dejaste acariciar por nuestras miradas con tu más dulce expresión de entrega. No hubieras necesitado ser tan joven, ni tener los ojos tan dulces, ni esa sonrisa dionisiaca que nos electrizaba, para cautivarnos, pero así eras, todo en ti parecía en exceso, sin límite ni definición, incluso sin nombre.

Fue Ana Lucía, su brazo izquierdo alrededor de tu cuello, su mano derecha revolviéndote el cabello, quien descubrió tu anonimato. Nadie en el grupo sabía como te llamabas, después de tantos miércoles, tú, el centro, permanecías innombrado.

Me llamaré como ustedes quieran llamarme, dijiste, fue un reto vital, entusiasta, que recorrió en redondo nuestros cuerpos, íbamos a hilar con seda un nombre para ti. Nos acercamos, tiene que ser un nombre que recuerde esta piel, este aroma, la piel y el aroma que soñamos cuando soñamos contigo.

En torno a ti, los ojos cerrados, te acariciamos, Mercurio, dijo la primera voz, París, Virgilio, Orestes, Absalón, Federico, Narciso, Placebo, Lancelot, Percival, repetían las voces, columpio de imágenes, un mareo el deseo de nombrarte..

Abrí los ojos y me miraban los tuyos, al fondo de mi vida, desde que nací, desde antes, fuera del tiempo. ¿Y tú, cómo me llamas?, piedra, serpiente, río, jaguar, no podía llamarte, por eso bajé los ojos en silencio.

* * *

Miércoles 27 de Marzo

Estoy harto de batallar con las palabras, con ellas, contra ellas, jalarlas de un pozo, mojadas, viejas, malolientes, rebeldes, esquivas, cada una como un álbum de fotos, una cajita de música, un pequeño féretro, guardan tanta podredumbre, tantos cuentos para dormir a los hombres, tantas historias y leyendas forjadas durante mil doscientos sesenta y ocho años, si escogemos Covadonga, aunque nunca faltaría alguien que eligiera el gramático año de mil cuatrocientos noventa y dos, qué equívoco, la lengua sigue al imperio, ya se sabe, tantos años de rodar, engalanarse, prostituirse, lenguaje mercenario al mejor postor, que le sirve, entre comillas, lo mismo al amo que al esclavo, al señor que al siervo, a la víctima que al verdugo, el mismo sistema simbólico para Caín y Abel, un orden previo ¿a qué?, mudándose, transformándose, limpiándose el sudor de la frente de siglo en siglo, de generación en generación, de clase en clase, de paz en guerra, y uno sin poder hacer nada, sólo repetir, y la nostalgia de un tiempo limpio, heroico, a caballo blanco de Santiago, donde vivir el origen de una lengua nueva, abrupta, montañosa y libertaria, ahora todo está dicho, mentido, exhausto, de abuso en abuso, de colonización en exterminio, de mentira en tortura, de congreso en simposio, de folleto en periódi-

co, de poema en novela, de tribunal en premio, de traductor en editor, de crítico en publicista, ocultar, oscurecer, empantanar, si se pensara en eso nadie abriría la boca, ¿cómo dijo el vecino esta mañana?, Ah, el afgano, tan hermoso con su agudo perfil, lo tuvimos que dormir, ¿asesinar, aplicar medidas especiales, desaparecer, desconocer el paradero?, y así seguimos jugando a la expresión escrita y nadie se hunde en el pantano que yo sepa, hasta que llega un día como hoy, porque hoy me empezó esta erupción interna, la causa como siempre está en otra parte, motor único de mil nombres, la libido se desplaza en todas partes según las mismas leyes, qué alivio, esta tarde, después del taller, Ana Lucía se vino conmigo en el carro, un clavo ardiendo en el asiento contiguo por decirlo de alguna manera, un inmenso blusón morado envolviendo su cuerpo hasta el cuello, hasta las muñecas, hasta la mitad del muslo, yo imaginaba un caimito abierto, jugoso y dulce, y la boca se me hacía agua, mentira, otra estúpida frase hecha, se me resecaba como corteza de árbol, sin lubricante para tragar, apenas respirar, pensar aceleradamente, parar un momento enfrente de aquel lote enmontado y besarla en la boca, presionar su pezón entre el índice y el pulgar, deslizar la mano por la espalda curva hacia abajo, plenitud, apretar su cuerpo contra el mío, lo más cercano al paraíso, a la levitación de los cuerpos, a la ascensión al cielo y desde allí mirar la luna de marzo y escuchar por ejemplo el Adagio de Albinoni y decirle en medio del ahogo: te quiero Ana Lucía, y ella sonrió de lado, con tanta suficiencia, Javier no seas tan común. Tan común, común, jueputa, qué le voy a hacer si me fabricaron con el mismo programa. No quiero volver a verla nunca más.

* * *

Miércoles 3 de Abril

Hoy no voy al taller, no quiero verla, aunque me muera de ganas, prefiero sacarme la sangre con una sanguijuela, ¿por qué me atormento de esta manera?, negarme a verla es peor castigo que la mayor humillación que ella pudiera infringirme, por qué me arrastro a tus pies, música, pero es cierto, por qué lo hago, que tienes Ana Lucía, quién eres, una bruja, y si fuera al taller, qué le diría, ya no puedo hablar con ella, siento que ninguna palabra es mía, se estrellarían contra el vidrio de su sonrisa asimétrica.
Voy a escribirle una carta, eso es, una carta bien irónica que es lo que a ella le gusta.

* * *

San José, Miércoles 3 de Abril

Srta. Ana Lucía Espinosa
Taller de Literatura
Galería Mántica
S.M.

Estimada señorita:

Por este medio queremos hacerle llegar la última comunicación oficial de la Real Academia de la Lengua destinada a su distribución y conocimiento en las diferentes Academias de todos los países de Lengua Española.

Esta deferencia especialísima hacia su persona se debe al conocimiento que hemos tenido de fuentes fidedignas de su inclaudicable interés por el mundo de las palabras. A continuación reproducimos literalmente el comunicado de los señores académicos.

De todos es conocido el intenso proceso de deterioro que está padeciendo nuestra lengua. Las palabras se devalúan, se hipertrofian en su desmesurado afán de resistirse al desgaste permanente que el uso les acarrea. Este proceso es particularmente evidente en el campo de las relaciones amorosas. La expresión *"te quiero"*, por ejemplo, ya no significa prácticamente nada. Estudios realizados por nuestro Departamento de Estadística y Censos nos ha demostrado con un margen de error del 1 %, o sea, sin lugar a dudas, que esta expresión se ha devaluado en un 200 %. Por esta razón y con el mejor deseo de ayudar a los jóvenes amantes que ya no tienen expresiones amorosas verdaderamente significativas que decirse, hemos decidido por unanimidad, como deben ser estas cosas de la lengua, poner en circulación una nueva expresión: *"te gambeo"*, del verbo *"gambear"*, equivalente a 200 *"te quiero"* viejos.

Los amantes antiguos, comprendemos la magnitud del cambio y lo desmesurado del esfuerzo, si lo desean, pueden adoptar la nueva expresión o continuar utilizando la anterior, siempre y cuando especifiquen que se trata de un "te quiero" de los antiguos, para que su pareja sepa a qué atenerse y no se lleve a engaño o a desengaño.

Atentamente,

Literio Buendecir
Miembro de Número de
la Academia de la Lengua

Sentados en la alfombra, en los sillones, tumbados sobre la mesa, estaban todos, nuevamente, antes de las seis, la frustración insoportable de la última sesión, cuando descubrieron que no podían escribir, los arrastró al ojo de la tormenta en busca de soluciones. Primero Eugenia trató de aliviar tensiones por la vía analógica, si aquel grupo milenarista pudo sobrevivir y fortalecerse después del siguiente amanecer del supuesto día del fin del mundo, también nosotros podemos sobreponernos a esta incapacidad de escribir. Después Javier, pura ansiedad adolescente, apretando un sobre en la mano, sin mirar nunca al lugar donde se arrellanaba Ana Lucía junto a Carlos, sugirió un camino para aliviar la desolación del grupo sin desgarro, rodeando el obstáculo, podríamos pintar, aquí tenemos de todo, se animaron, se abrazaron, pintemos, gratuitamente, ojos vendados, buceando cavernas sin intermediarios, sin palabras mercenarias, acto convulso, reflejo liberador, risa, tos, estornudo, orgasmo, todos juntos en el suelo, pintaremos con las manos, con los pies, un lagar de colores embriagantes.

* * *

Te asomaste sobre mi hombro para observar mi cuadro, el tercer laberinto geométrico azulverdenegro que pintaba desde que empezamos con lo de los cuadros. Tan frío, tan cerebral, me decías, en qué rincón del laberinto estás, o eres tú todo el laberinto.

Y ahora pienso que siempre me he visto a mí misma como algo sólido, salvo ciertas cavidades y aún ellas inundadas de latidos y prolongaciones esponjosas de mi carne. Siempre me hacen sonreír, por pura disonancia cognoscitiva, las cifras porcentuales de agua en el cuerpo humano, demasido lejos de la imagen compacta que tengo de mí misma. Frente al monolito de mi ser, el mundo ancho y ajeno, duro como yo, infinitud de piezas en superficial contacto, no se puede llegar a más, te dije entonces, Lancelot-Percival-Virgilio, celdas de duro cristal definitivo, piezas multiplicadas, repetidas, aumentadas o disminuidas, reiterando su danza estereotipada y regular, seguramente inteligible y previsible para los conocedores afortunados del código. Sueño de relojería newtoniana, en él me encuentro, dónde encaja mi propio mecanismo, en qué relieve, aire, momento, acento, clase. Quiero ser un auriga consciente, tomar las riendas de los dos caballos, saber en qué punto irreversible me han colocado la historia, la gravedad y la genética.

Pensaba en ello pintando nuevas aristas en mi laberinto y sentí tu respiración cerca de mi oído, son muy fríos, me dijiste, lúcidos y quietos como una trampa. Como una trampa, para quién, repetí y al mirarte volviste a sonreír.

* * *

Caminan en silencio, iluminadas a intervalos por los faros de los autos que pasan por la calle junto a ellas. No hemos hablado nada, dice Eugenia, ¿del taller?, no del taller, de nosotras, hace años que no nos vemos, eso fue hace mucho tiempo, pero Eugenia suspira porque el tiempo no cuenta en estos casos, es una argolla en el cuello que presiona recurrente, más real que el dolor de un uñero. Ponerse sentimental resulta estúpido, hay que justificarlo con un par de chistes o un cierto tono jocoso, qué podría inventar para hablar de aquellos juegos, te acuerdas cuando tú eras Dimitri y yo Alioscha, y tú Midas y yo un embrión, tierra dormida y ahora, cualquier cosa que pretendiera ser, acabaría convirtiéndote en cuchillo, lo veo en tu sonrisa, eres demasiado dramática te lo tomas todo demasiado en serio, ya lo sé, me lo han dicho muchas veces. Eugenia mira al cielo, en algún lugar hacia el sureste se esconde un cometa fugaz y escurridizo, qué registro le falta a mi cerebro, qué neurona falló la conexión debida para acercarme a la vida confiada y meter los pies en el río transparente.

Ana Lucía saca un cigarrillo, la llama del encendedor dorado y compacto multiplica sus ojos siempre verdes, un golpe diminuto de metal concluye el encantamiento. Sigo fumando demasiado, dice Ana Lucía como quien varía de posición la aguja del tren, pero ya Eugenia está perdida en el recuerdo y nadie puede detener su excavación, su buceo minucioso, no me gustaba llamarme Eugenia y creo que tenía razón, presentía en ese nombre algo de marca, de etiqueta, un camino prefijado de antemano por el eu-genia, bien-nacida, bien-portada, se imagina un cuaderno de papel rayado. ¿Y la mía?, dice Ana Lucía, mi marca etiqueta frívola-superficial-veleta-casiputa, era envidia Ana Lucía, lo que fuera, eras tan linda, lo sigues siendo. Ana Lucía lanza el pelo hacia atrás y se ríe, experta en esquivar las trampas zancadillas de lo serio, en el fondo me sirvió bastante, me creí el cuento y pude hacer lo que me dio la gana, aún lo hago, ¿te casaste?, no, y tú, con Eduardo, ¿qué tal?, Eugenia volvió a buscar el cometa en el cielo que era como preguntarse qué pasó, fue real, nos divorciamos hace cuatro años, ah vaya, es muy común hoy, eso no tiene futuro, ya se sabe, el matrimonio es una institución obscena y todo lo demás, ¿y qué haces?, trabajo en una escuela, 40 horas de clase, 35 alumnos por grupo, comité de evaluación, reuniones de padres, congresos inútiles, el bus repleto en las mañanas, el frío y después el bochorno al mediodía, mi madre en su puesto de francotiradora siempre, Eduardo me ayuda con los gastos de los chicos, no lo volví a ver más. Ana Lucía, entre el humo, la noche y el cabello alborotado la contempla, *What did They do to my song, Ma,* ¿y qué más?, nada más Ana Lucía, ya sé lo que quieres decir con esa ceja levantada, no hay ningún otro hombre, ¿otro, por qué singular?, ya me conoces, al menos me conocías hace unos años, no llega el trópico a mi cabeza, por supuesto me acuerdo: *sex, no thanks, I'm British,* no es eso, soy diferente, nadie es diferente, lo hacen o se hace, nadie es nada si te pones a ver, estás intoxicada de sentimentalismo, de tequieros y vidamías, siempre lo estuviste, así es y eso parece ser lo obsceno hoy, ¿y tú, qué haces?, aparte de seducir a Carlos, se rieron, no seas mala Eugenia, es broma, pero sí de veras, me interesa saber qué haces, de todo un poco, mi fuente principal de ingresos es pasear turistas, ¿turistas?, divertido verdad, de profesora de inglés a guía turística, tengo agorafilia, no soporto los lugares cerrados, llevo turistas sonrientes, *over sixty* la mayoría, predispuestos a la felicidad porque más allá del ahora sólo les espera la cuarta edad, qué divino, a dónde llegaremos con eso de las edades ordinales, pantalones cortos, sombreros de paja, al volcán, a las playas, nada de Libia ni de los contras y yo les dejo, sonrisa de puntos suspensivos, de frase inacabada, les dejo hacer.

Pasa el brazo sobre los hombros de Eugenia y amansa con ternura el plomo de su nuca, alguien o algo o tú misma vas a romper un día esas aristas verdeazules del laberinto y como dice Javier, volverás a la sopa primigenia, a la Edad de Oro. A propósito, ¿vas a ir el sábado a la finca de Carlos?, por supuesto, no me quiero perder el cometa.

Y Eugenia, ya sola hacia su casa, pensó con dulzura en Carlos, sin saber dónde terminaba él y dónde empezaba Percival-Lancelot-Mercurio, dónde empezó la ruptura y la guerra perdida consigo misma y con la realidad.

La ruptura había tenido un nombre, para qué negarlo, un catalizador al menos, el nombre que después de cuatro años había pronunciado aquella noche sin sobresalto pero con el mismo y definitivo vacío: Eduardo.

La pequeña cicatriz encrespa la piel y se abre, Eugenia cede y se acaricia el borde de la herida, esponjoso y rojizo, y va cayendo en el centro, vencida una vez más por el gusto de la añoranza.

Recorre un cementerio de imágenes y ceremonias, se pregunta qué sentido tiene atesorar cadáveres, por qué no fue posible la ruptura sin vacío, la alquimia del desamor.

Se detiene en el último episodio, la agonía de un desencuentro en la niebla, el beso final.

Hemos hecho un viaje a través de la niebla, los limpiaparabrisas se agitan y a ti te horroriza ese tic epiléptico, hasta que me pides con una voz ansiosa que los detenga: por favor, Eduardo, para eso, y nos orillamos un rato en la carretera porque no se ve nada, menos aún con las luces del auto que hacen explotar la niebla en una luminosidad cegadora, y luego me dices: sigamos, reconociendo al fin que no queda más que resistir al frenético ir y venir del limpiaparabrisas si queremos seguir adelante en este viaje hacia ninguna parte, porque hemos salido de la ciudad dejando atrás los relojes, las puertas cerradas, las mesas puestas al mediodía para hablar de lo nuestro, y sigo manejando sólo porque tú me dices: sigue, sigue recto, y no sé si sabes a dónde quieres ir o si solamente buscas lo lejano que nunca encuentras o si quieres aturdirte en esta niebla opaca que empieza a colgarse lentamente de mis brazos como se cuelga de las ramas de los árboles y yo me voy pareciendo, como ellos, cada vez más a un fantasma, una sombra de mí mismo, por eso sigo, puro reflejo, frenando antes de las curvas, presintiendo en cualquier momento el camión enorme y distraido que se nos echará encima y nos lanzara al abismo, rodando hasta el fondo donde seguramente correrá un río turbulento crecido por las lluvias del invierno, y nos veo saliendo por la ventanilla, desconcertados, preguntándonos qué pasó, cómo pasó, como siempre, porque no entendemos nada o fingimos no entender, como ahora, a la búsqueda de quién sabe qué, y siento que me miras de vez en cuando, imagino que contemplas mi perfil agudo de oso hormiguero o de avez rapaz o simplemente de mapache, los ojos cubiertos por una oscuridad que es algo más que la niebla o el desconcierto de este viaje hacia la nada, ignorando el desencanto, porque sería terrible reconocerlo y aceptarlo y no sé si tú sientes lo mismo, aunque a veces disimules y me pases un brazo por los hombros en una postura forzada e incómoda, como este absurdo viaje por la niebla, incómodo y forzado, decepcionante sin remedio porque nada encontraremos afuera que no tengamos previamente adentro, la mayor belleza de esta niebla será anodina o no será nada si nuestros ojos están ciegos o grises o negros, y la más deliciosa caricia será imposible si dentro de nosotros naufraga la ilusión y la magia, y no queda ya ninguna magia, Eugenia, hemos vivido juntos y los dos nos convertimos en sapos, dos sapos desencantados que no acaban de aceptar la imposibilidad de los sueños porque la realidad es dura y no se deja malear, y habría que estar demasiado loco para seguir soñando o demasiado cuerdo para seguir fingiendo o demasiado desesperado para aferrarse sólo a eso, eso que es como la niebla que nos rodea ahora, rotundamente ajena a nosotros, como nosotros, a pesar de los hijos y tantas ceremonias compartidas, y somos más conscientes que nunca del límite al que llega nuestra piel, de la línea a partir de la cual cesa la ilusión y empieza la realidad, empiezas tú y empiezo yo, y aunque trates de mirarme para ver lo que veías antes, no lo vas a conseguir, como tampoco yo lo consigo, nuevamente exiliados en nuestro cuerpo después de la aventura del destierro, un destierro dulce y engañoso que nos hizo engañosamente felices porque ninguna felicidad anclada fuera de nosostros mismos puede ser medianamente duradera, aunque fue hermoso habernos visto, gracias a un misterioso juego de puentes colgantes, yo a mí mismo desde tí y tú a ti misma desde mí, ahora nuevamente en casa, la casa de siempre que sólo abandonamos por miedo, porque la casa dulce de la infancia se torna a veces solitaria o francamente aterradora, y salimos buscando puentes y muletas y los juegos del pasado, para encontrar sólo el propio hueco y entonces regresar, guardar la falsa visión encantada en alguna gaveta, la más pequeña del mueble más antiguo, guardar allí lo que fuiste para mí y lo que yo fui para ti, lo que la vida nos permitió ser el uno para el otro por puro azar o pura condescendencia, lo que ya no podremos ser después de este viaje por la niebla, y la tristeza es tan profunda, tan genuina, que no se puede ni siquiera pensar en nuevos destierros, el desaliento cala tan hondo que todos los puentes se rompen de antemano, aislados y exiliados voluntariamente en el castillo sin puente levadizo, en la pequeña gaveta del mueble antiguo, en la casa de la infancia y de siempre, algo inhóspita con los años y las termitas, pero finalmente nuestra, con la esperanza de quererla, sin nostalgia de las claves ajenas del mundo exterior que seguirá girando, aunque no me consta, pero lo creo, como creemos tantas cosas sin vivirlas porque si no sería imposible la vida, como creí que te quería y tú creíste que me necesitabas, ningún buen salvaje de músculos poderosos, ninguna niña ingenua y soñadora, un par de humanos, un debate con la vida y con los sueños, un juego de sentidos y significados que no resiste el menor embate, aunque se oculten y huyan en un viaje sin destino por la niebla, empeñados en seguir sólo por el miedo a regresar, porque entonces habrá que reconocer que esto ha muerto, que una parte de nosotros, la parte mía en ti y la parte tuya en mí, ha naufragado en la cotidiana tormenta del encuentro que empieza tenue a convertirse en desencuentro, un vaivén inevitable de péndulo que nos hiere pero que no tiene remedio, como no tienen remedio la lluvia o las fases de la luna o el peso de la niebla sobre la montaña que no vemos, pero que está ahí, montaña sabia que verá marchar la niebla y llegar el sol y después la noche con la serenidad del que parte de sí mismo, aceptando su ser montaña con la misma naturalidad del mar, y nosotros frente a ellos, tan humanos, tan racionales y presuntuosos, inventando o fingiendo que inventamos a cada minuto el tonto papel que nos tocará interpretar en un escenario que hemos escogido sólo a medias, y quisiéramos que por lo menos este papel nos durara toda la vida, como a la montaña, pero nosotros mismos o la vida, nos sorprende con nuevos enigmas y no queda otro remedio que acomodarse en lo provisional, como ahora este viaje por la niebla y no sabemos qué decir o qué postura tomar, pero tendremos que escribir forzosamente juntos, ¿cómo lo haremos Eugenia?, un guión para la siguiente escena, un guión a la altura del sueño que vivimos, aunque ahora sólo queden los bostezos disimulados, y empiezas tú de pronto a hablar, aliviado yo por no tener más que replicar a lo que tú digas, y me dices que tienes frío, que por ese camino tal vez no lleguemos a ninguna parte, que prefieres regresar antes de que patinemos en el asfalto húmedo y acabemos estrellados en el fondo del abismo, y tu lógica me conmueve, me enternece tu falsa serenidad como me entristece mi falsa indiferencia, y doy vuelta como puedo en el espacio mínimo que me dejan la niebla y la desilusión, y regresamos, la carretera inclinada hacia el fin, obligándome a correr, a volar hacia el punto donde tendrá que empezar el desencuentro, a unos metros del principio, a unos milímetros de tu boca, casi un círculo perfecto, y allí iniciar los dos una tarea larga y cuidadosa, necesitada de tanto cariño y de tanto esmero como el encuentro mismo, destejiendo hilo por hilo, sueño por sueño,

destejiendo y desatando, piensa Eugenia, fabricando huecos, un enorme queso gruyere.

* * *

Han llegado juntos en el auto de Carlos. El jeepón enorme y destartalado rebotó por el camino sorteando como pudo las profundas grietas que el agua del invierno abrió en la arcilla, las piedras sueltas, los perros, las gallinas, las locas gallinas atravesando siempre cuando uno pasa.

Iban los cinco en la parte de atrás, zarandeados de un lado a otro, horizontal y verticalmente, vapuleados, amasados contra la puerta en las curvas, muertos de risa y de placer, un solo pulpo de veinte brazos.

Carlos se detuvo mientras un muchacho cetrino de anchísima boca abría el portillo de madera. Resoplando por la cuesta, el jeepón llegó finalmente a una cabaña triangular de madera y piedra. Se bajan ruidosos, exaltados, frotándose las partes más golpeadas, y los binóculos, dónde están, aquí los tengo, creo que todavía están vivos, ya empieza a oscurecer, mejor busquemos un lugar alto con buena vista al sureste, esta vez Halley no se me va a esconder, qué les parece allí, donde está aquel galerón. No, ahí no, responde Carlos con una autoridad desconocida, mejor vengan hacia este lado, así les muestro de paso la cría de caracoles.

Hace frío, se ponen las jáckets, los suéters y siguen en desorden a Carlos, dejando atrás los morados del atardecer y la sonrisa flaca de la luna, en busca de un cometa soñador y esquivo que se acerca a la tierra sin tocarla nunca porque lo lejano siempre es mejor, resistiéndose al deseo de la fusión completa que acabaría sin remedio en apocalipsis, marchándose y regresando siempre.

Aquí está el caracolarium, les dice con aire de patricio, y se van acercando a la pequeña empalizada desde donde observan las largas hileras de tejas verdinosas, de dos en dos, crecidas de caracoles anudados en racimos amorosos. Alrededor de la valla, una franja estrecha de aserrín, para qué sirve, es el límite, si llegaran ahí quedarían absorbidos, no pueden escapar. A mi madre le gustaría eso, piensa Eugenia como si adivinara, porque es posible que muchas horas más tarde, cuando llegue a su casa, Eugenia pensará que nunca ha llegado tan tarde, ni siquiera cuando Eduardo vivía con ella. Se apresurará por las calles vacías procurando no hacer ruido en un silencio tan notorio. Mientras busca las llaves en la cartera percibirá en aquella escena algo blando, inconsistente, un montaje irreal, qué hace esa figura sonámbula en un contexto de blocs y rejas. Qué se hizo el entusiasmo de hace apenas media hora, se preguntará. Detrás de ella una gruesa brocha habrá ido pintando de negro todo lo anterior, lo desaparecerá, lo prestidigitará, el conejito feliz, sapito tun-tun se esfumará y Eugenia quedará desconcertada en la sala oscura de su casa. Con temor, ¿por qué?, tal vez imaginando el caldo de cucarachas preparado por Lala para su asma, pasará sin mirar hacia la cocina y se refugiará en su cuarto. Más tranquila se irá desprendiendo de paquetes, libros, cartera, ropa, zapatos y quedará desnuda, sentada en la cama, o tal vez de pie, mirando por la ventana con un aire catatónico. Qué vaso comunicante, puente, escalera, une este instante vacío con la plenitud de hace un momento, si soy yo ¿yo?, por qué no hay continuidad, sólo el vigía cerebral permanece el mismo, engarzando instantes.

Se metera en la cama y el frío de las sábanas sobre la piel la obligará a enroscarse y finalmente descender a la mayor hondura del sueño. Estará soñando con un paracaidista enredado en los cables de la luz cuando un crujido del parquet la despertará. No será el frío de la madrugada que contrae la madera, ni su imaginación ni un detalle del sueño descolgado en la vigilia, será una sombra encogida que se deslizará a pasitos cortos por el cuarto. Su ojo derecho la verá, el izquierdo probablemente no verá nada, pero no se moverá, sin respirar, sin tragar, si pudiera pararía también el corazón, pero no la obedecerá. La sombra avanzará hasta quedar de perfil delante de la ventana y entonces la reconocerá, ella, qué quiere, a qué ha venido a mi cuarto. La sombra alargará la mano derecha y recogerá algo de la silla para botarlo después, hurgará entre la ropa hasta encontrar lo que parece andar buscando. Lo acercará a la nariz, olerá ansiosa tratando de identificar olores malditos. Eugenia cerrará los ojos para contener la humillación, el dolor y la rabia.

Finalmente pueden encender la chimenea después de inundar la cabaña de humo sofocante. Halley los había defraudado, esperaban más pasión en el viajero errante, más fuego, colas de pavo real, un mensaje del infinito, toparse con lo absoluto y en su lugar apenas una luna tibia ocultándose entre nebulosas.

Nuevamente no importa porque están juntos y el calor de la fogata y los tragos los funden en ese bienestar que sólo reside fuera de lo cotidiano.

En un rincón de la cabaña, entre el humo y sus fantasías, Eugenia cree ver el cuadro de Fernando Castro, el mismo de la galería, temido en la realidad, sublimado en su cuento.

* * *

Ahí estaba el hombre herido por la ráfaga de tinta, no me pregunté cómo había llegado a tu casa, contemplé su abandono, el dolor de sus rodillas flexionadas, la espalda rendida en arco a punto de caer a tierra. Lo ví en el suelo, a mis pies, vi su piel nácar, su cabello grisnegro y un pequeño estallido rojo en el pecho. Me incliné a acariciarle, a lamer la tinta roja de su sangre, me acurruqué en la cavidad de su vientre, ¿qué otra cosa se puede hacer por los muertos? Te acercaste, ahora Federico verdeoliva de ojos negros, hay miles como él, me dijiste, y están vivos aún.

Me conocías hasta el fondo y sentí que compartías mi amor por todo hombre derrotado, torturado, por mendigos, locos y suicidas.

Es uno toda la vida, te dije, por eso el hambre, el hueco que sentimos, nostalgia del espejo infantil, el dolor de no ser los demás, un árbol, una liebre y vivir morir con ellos.

Acariciabas el círculo embrión de mi cuerpo encogido alrededor de la herida, volviste a sonreír, qué arma esa tuya. Cada uno es todo, piénsalo así Eugenia, desde el punto de vista de lo eterno, todo es todo sin serlo completamente, paradoja del universo, uni-verso, hacia el uno, más allá de las múltiples y engañosas configuraciones.

* * *

Eugenia vio salir a Carlos de la cabaña, sigilosamente. Sin pensarlo, salió tras él. Las luciérnagas temblaban en la noche y mucho más lejanas, las luces de la ciudad extendidas en el valle. La sombra de Carlos delante de ella se encaminaba con firmeza hacia el galerón. Eugenia tropezaba con las piedras, resbalaba en los tramos empinados, mientras él parecía no tocar el suelo.

Al llegar al galerón vio al muchacho cetrino conversando con Carlos. Los dos entraron cerrando la puerta. Por la ventana los vio a la luz de una bombilla azulosa. Hablaban y gesticulaban como quien da una dirección difícil. A su alrededor pudo ver un desorden de cajas, mesas con recortes de cartulinas y negativos, un radio, un televisor y al fondo, lo que parecía una máquina de gran tamaño cubierta por un plástico. Tomaron cuatro cajas de cartón y salieron. El de la boca ancha puso las cajas en un carretillo de albañil y se fue cuesta abajo frenando con los pies.

Eugenia salió al encuentro de Carlos, ¿qué hay ahí adentro?, preguntó sin inocencia. El siguió caminando hacia lo alto de la colina sin decir nada, lentamente, con las manos en las bolsas del pantalón. En el punto más elevado se detuvo. Eugenia, a lo Saint-Exupery insistió, ¿qué tienen ahí?, ¿tú qué crees?, no sé, me pareció muy raro, es una imprenta, ¿una imprenta, clandestina?, él se rio de buena gana recordando la Joda, por qué lo dices con ese tono, te manejan las palabras. Eugenia resintió el tono lástimaburla, no me irás a soltar el rollo ese de que la palabra perro no muerde, al contrario, más bien te voy a decir que la palabra perro no sólo puede morder, sino lamer, enternecer, atemorizar, acariciar, y todo lo que desees porque es puro imaginario, porque el mismo perro como realidad es algo inacabado.

Eugenia resbala al querer avanzar hacia él por la tierra húmeda, Carlos la ayuda a incorporarse y otra vez firme le vuelve a preguntar, ¿qué hacen en esa imprenta, material subversivo?, pues sí, en cierto modo es material subversivo, pero a otro nivel, hacemos libros, para tu colección de palabras te lo diré de otro modo: hacemos ediciones piratas. Carlos empieza a bajar la cuesta riendo, una carcajada vital, lúdica, vamos Eugenia, hay que liberarse de las aristas de siempre, aceptar con alegría la ambigüedad de todo, el excedente irreductible en las cosas que percibimos. Eugenia, en el mismo lugar lo mira, pero Carlos, eso es un delito, un delito de qué, ¿de robo?, quién dice, una obra imaginaria no tiene propietario.

Inician el descenso a la cabaña, Eugenia muy despacio, a varios metros de Carlos, en realidad una distancia infinita, se siente incapaz de manejar cierta sensación de desencanto. Sueña con Paris-Narciso-Placebo.

Te seguí durante largo rato, el cuerpo atenazado por la culpa de espiarte. En medio de la noche, rodeado de luciérnagas, caminando con suavidad y firmeza hacia lo alto, te quería más que nunca. La necesidad de tocarte se me hizo apremiante, dolorosa, cómo sobrevolar sin herirme, sin cambiarte, tanta distancia, cómo llegar a tus brazos y descansar finalmente de tanto deseo.

Te vi descender y después, perderte entre cafetales oscuros, y a pesar del miedo y de la noche, te seguí, sorteando las ramas cargadas de fruto, sin verte, presintiendo tu cercanía, sin preguntarme por primera vez en mi vida qué estaba haciendo allí porque nuncha había hecho algo que tuviera tanto sentido.

Al final del cafetal sólo me esperaba un claro vacío, dónde estabas, si me atreviera a llamarte, cuál nombre diría. Seguí bajando, la pendiente se inclinaba y me fui deslizando poco a poco. Se oía un rumor de agua, luego vi tu silueta oscura sobre el puente de piedra. Unos metros nos distanciaban, pero me detuve, no quería llegar aún, primero contemplarte, compartir con la noche, el río y el puente el placer de estar cerca de ti. Mirabas hacia el sudeste, los brazos levantados, un murmullo denso salía de tu cuerpo, o de las entrañas de la tierra, o de lo profundo del universo. En un solo instante, los aullidos de perros lejanos, un leve temblor de tierra y por último la fuerte sacudida horizontal. Me tiré al suelo, una luminosidad anaranjada, nube y rayo, cruzó el cielo y tu cuerpo quedó un segundo incandescente.

Te vi apoyar los brazos en el muro de piedra del puente, hundir la cabeza ensimismado, me acerqué a ti, una eternidad cada paso, entré en el puente, el puente que hace sagrado a quien lo habita, y alargué la mano. Te volviste con una tristeza infinita y me dijiste: no me toques. Comprendí que estabas más cerca y más lejos que nunca, con tu aura luminosa de color anaranjado, por qué no puedo tocarte, no eres de carne acaso, erez luz o color. No, ningún color, me dijiste con dulzura, ni blanco ni rojo, soy como tú quieras verme, como la luz quiera atravesarme y proyectarme, no soy materia sólida, carne y hueso, soy mucho menos y mucho más también, una configuración particular de energía que te ama, es cierto, pero no como tú quisieras, te amo como a todo, pertenezco a la vida, ésa es mi vocación.

* * *

Miércoles 10 de Abril

Hoy es miércoles, me siento feliz, repleto, entusiasta, anoche encontré un final para mi cuento, lo sentí resbalar por la cabeza inundándome todo. Ya puedo escribirlo y leerlo en el taller, leérselo a Ana Lucía, mi vida, escribir es un acto de amor y este cuento lo escribí para ti.

* * *

Eugenia, rotas las aristas de la cordura, entró en la cabaña y se acercó al fuego, las palmas ajenas sobre las llamas, la mirada fija más allá de lo real, permanece inmóvil, sin sentir el calor, sin parpadear, no responde a las preguntas, no habla, no siente que la tocan, que la alejan del fuego y le ponen hielo en las manos, estupor, lucidez en el vacío, ha cruzado limpiamente la línea de lo aparente, renunciando al sentido, perdida en el túnel junto a millones de canicas oscilantes, las máscaras por el suelo, acunada por el ritmo de la gruesa brocha que lo va borrando todo, impulsada por el viento de la locura, nunca más eugenia, ya no reproducirá ningún lenguaje, nunca más eu-lalia, ya no verá a su madre rebuscando pruebas de sus fugas, nunca más controlada por la culpa, nunca más vigía obsesivo, hundiéndose en lo lejano... lo infinito... lo absoluto... feliz Eugenia... ¿Leticia?

mi precario mundo de mentiras. Ya no quise fingir más. Seguí observando su cuerpo, su largo cuello bronceado, con el presagio en el aire de lo vivido por última vez.

Esa noche rompí con cuidado el libro, el muñeco de peluche, el pañuelo y lo quemé todo. El olor nauseabundo de mis sueños consumiéndose me vació de cualquier sentimiento positivo que aún pudiera tener hacia mí o hacia la vida.

Amaneció lloviendo. No sentí crispación alguna. Simplemente había llegado el momento de acabar con todo. Algo así como apagar la luz y acostarse del lado favorito.

Mi cuerpo inusitadamente liviano, se movía sin esfuerzo. Caminé por el asfalto húmedo hasta el puente. ¡Cuidado, cuidado!, me gritaban. Ya era tarde. Sus gritos no podían hacer nada, nadie podía hacer nada ya, porque mi cuerpo estaba demasiado inclinado hacia el vacío y mis pies empezaban a alejarse de la sucia y herrumbrada baranda del puente.

Nadie podía hacer nada. Ni el mismo río podía dejar de ser él mismo para ayudarme. Tendría que recibirme con la misma dureza que se recibe una piedra. Una piedra inerte y fría.

Ningún grito salía de mi boca, ningún gemido, ningún nombre, porque sólo llevaba conmigo el silencio. Mis ojos estaban ya cerrados, negándose a las últimas imágenes.

Libre ya del pasado y del futuro, vivía por primera vez el presente, ese momento único e irrepetible que siempre se me escapó de las manos por tener los ojos vueltos hacia atrás o hacia mis sueños. Mi piel sentía como nunca la caricia del viento, la caricia gratuita e ingenua del viento.

Mis sueños quedaron esparcidos por el agua, anhelos, recuerdos, flores de loto flotando en el río.

Mis oídos olvidaron todas las palabras y se dejaron inundar por el susurro del agua, la última seducción.

LOS MANUSCRITOS DE QUMRAM

Cuando el tren se detuvo, sólo yo me bajé en aquella estación. Un perro estirado debajo de un banco parecía el único ser vivo a mi alrededor. Al pasar junto a la oficina, un hombre muy colorado salió sonriente a saludarme. Yo estaba demasiado cansado para ser amable, así que le pregunté, sin sonreír, cómo llegar al convento de San Agustín. Cuando me dijo que quedaba a dos kilómetros, me pareció que ya no podría hacer ese último esfuerzo. Llevaba casi veinte horas viajando en aviones, autobuses y trenes. A pesar de la excitación que me producía la inminente realización de mis planes, me sentía incapaz de recorrer dos kilómetros bajo aquel sol. Sin embargo, empecé a caminar. El perro se levantó y vino a oler mi valija. Tuve un inesperado sentimiento de afecto hacia aquel animal. Me pareció bastante ridículo, pero pensé que sería agradable que me acompañara.

Atravesamos el andén, cruzamos las vías y tomamos el camino que me había indicado el hombre de la estación. Fue entonces cuando tuve por primera vez aquel presentimiento. Sucedió cuando divisé, a la izquierda del camino, una alameda verde y fresca que apenas ocultaba los muros de un cementerio. Lo atribuí a mi fatiga.

Habríamos caminado durante unos diez minutos, cuando una muchacha en bicicleta pasó junto a nosotros. Siguió unos metros más y se detuvo. El pie apenas le llegaba al suelo.

—¿Va usted al convento?, ¿quiere que lo lleve?

Al sonreír mostraba unos incisivos muy separados. Calculé mentalmente cómo podría resultar aquello, pero lo que finalmente me decidió fue su sonrisa. Con la valija oscilando en el brazo izquierdo y las piernas levantadas, sentí que en cualquier momento me iba a elevar como un papalote.

Después de subir una pequeña colina, empecé a ver el convento. De nuevo me embargó aquel presentimiento. Tuve la tentación de pensar que se debía al muro de oscuros cipreses.

La muchacha me dejó en el portón de la entrada. Realmente le agradecía que me hubiera llevado, pero no encontré las palabras y ella se fue. Me di cuenta entonces que el perro no nos había seguido.

El jardín tenía un olor dulce, a flores calientes, pero ni siquiera eso logró aplacar mi incertidumbre. Después de llamar, me puse a contar, con una intención claramente defensiva, los clavos enormes que tachoneaban la puerta. Iba por dieciséis, cuando un hombre bajito de sotana raída, me abrió.

—Vengo a ver al padre Juan Antonio Molina.

Me miró inexpresivo y contestó sin la menor emoción:

—El padre Juan Antonio murió. Le enterramos hace tres días.

A pesar de haberla presentido, la noticia me dejó perplejo. En aquel momento recordé que tenía el pelo completamente blanco. Le divertía que la gente le calculara por encima de los cincuenta. De todas formas, la edad y el tiempo no parecían importarle mucho. Había entrado al aula con un impecable traje negro. Sonrió levemente cuando el profesor de Biblia lo presentó como un importante personaje del Instituto Científico Pontificio.

Venía a darnos un curso sobre géneros literarios en las Sagradas Escrituras. Para mí, aquello de géneros literarios no pasaba de un conocimiento superficial sobre alegorías, parábolas e hipérboles, pero él me descubrió un mundo insospechado. Lo invité varias veces a comer en casa de mis padres con el único propósito de seguir escuchándole. Me cautivaba su intensa vida de estudio, investigación, viajes, bibliotecas y manuscritos antiguos.

Parecía imposible que hubiera muerto. Me sorprendí a mí mismo tratando de contar nuevamente los clavos de la puerta. El anciano sacerdote me observaba. Miraba mi valija, mis zapatos polvorientos, mi camisa pegada de sudor. ¿Qué hacer? La vida se había suspendido de un hilo, como una araña.

—¿Quiere usted descansar un rato? Si lo desea, puede ocupar una de las celdas. En esta época del año están casi todas vacías.

Caminamos despacio por el claustro. Aparte de nuestros pasos sobre las grandes losas de piedra, sólo se oía el murmullo de una fuente. La celda era muy blanca y muy fresca. Me acosté en la cama. Su tabla dura me inundó de una paz inesperada.

Muchas imágenes fueron pasando por mi mente antes de que lograra dormir. Después me vi a mí mismo con pantalones cortos, corriendo en bicicleta por una llanura inmensa. A medida que avanzaba, el suelo se iba haciendo blando. Las ruedas de la bicicleta se hundían. Un hombre apareció de pronto ante mí. Iba vestido de negro y caminaba lentamente. Yo le gritaba sin dejar de pedalear. El hombre se detuvo y empezó a girar muy despacio hasta mostrar una cara de cadáver medio descompuesta. Entreabrió los labios y dijo mi nombre: Damián. Me desperté. Durante unos angustiosos segundos me pareció que todo había sido cierto. Después comprendí que ya no podría volver a dormir, así que me levanté y salí de la celda.

Caminé por el claustro contemplando los cipreses y geranios. A través de los arcos, el jardín parecía irreal. Me quedé observando los motivos que decoraban uno de los capiteles. Una serpiente se enroscaba lasciva alrededor de un árbol. Al lado, una mujer desnuda alzaba la mano hacia ella. El Génesis. Pensé en mi tesis inconclusa: "El mal, la muerte y la resurrección en las Sagradas Escrituras". Ambiciosa, imposible, sobre todo si ya no contaba con la ayuda del padre Juan Antonio.

Fue seguramente la impotencia lo que me hizo alejarme de allí y vagar por pasillos solitarios entre gruesos muros de piedra. Al pasar frente a una puerta de madera negra, me sentí atraído por ella. Me acerqué y alargué la mano hacia el picaporte de bronce. Antes de que llegaba a tocarlo, una voz sonó detrás de mí.

—¿Ya descansó?

El anciano sacerdote que había abierto la puerta del convento me miraba fijamente. ¿Por qué me sentía como atrapado?

—No puedo dormir, estoy tan cansado que no puedo dormir.

—Sí, a veces pasa. Tal vez si come algo...

Miró la puerta negra.

—Era la celda del padre Juan Antonio. Venía varias veces al año. Para descansar del Vaticano, decía él.

Dudé un momento, temí parecer macabro. Después pregunté:

—¿Puedo entrar?

Dijo ¡claro! y sacó un manojo de llaves con fingida naturalidad. Entramos. Era una celda muy parecida a las otras excepto por una chimenea de ladrillo en un rincón.

Había un orden inquietante. Cada cosa parecía expresamente colocada en su lugar. Lo miré todo buscando algo que me hiciera presente al padre Juan Antonio, pero sólo sentí su ausencia. Hubiera querido acurrucarme y dar rienda suelta a mi nostalgia. No lo hice. Acompañé al viejo sacerdote a la cocina. Un amplio rayo de sol entraba por el tragaluz. Después de comer volví a la celda y dormí hasta el día siguiente.

Desde la huerta del convento la vi llegar. Era muy temprano y hacía aún poco calor. Noté el balanceo rítmico de sus hombros por encima del muro de piedra. Se bajó de la bicicleta y atravesó la huerta. Me pareció que debía darle las gracias, empujado una vez más por esa manía incurable de hacer explícito todo. Sin embargo no fue en ese momento cuando le hablé, sino más tarde, cuando me la encontré limpiando las celdas.

—Lo hice con mucho gusto.

Y luego siguió hablando de mil cosas referentes a sí misma y al pueblo. Estaba como hipnotizado viéndola gesticular, hasta que mencionó el nombre del padre Juan Antonio.

–¡Pobrecito!, ¿por qué lo haría?
–Hacer... ¿qué?, ¿a qué se refiere?
–No es nada, nada.

Y siguió barriendo la celda. Me acerqué a ella y la tomé fuertemente por un brazo.

–¿A qué se refiere?, ¡dígamelo!

Estaba asustada pero yo tenía que saber. Seguí zarandeándola hasta que asintió con la cabeza. La solté y fue a cerrar la puerta.

–El padre Juan Antonio se ahorcó. Yo entré en la celda como siempre a limpiar. A esa hora están desayunando. Cuando abrí la puerta, le vi colgando de una viga. Me asusté tanto que empecé a gritar. Después llegaron los hermanos y le bajaron. ¡No les diga que yo se lo conté, por favor! Me advirtieron que no se lo contara a nadie, ni a mi familia, que de ello dependía la salvación de mi alma. Le dijeron a todo el mundo que murió de un ataque al corazón. ¡Por favor, no les diga nada!

Me senté sobre la cama y cerré los ojos. Podía verlo en el aeropuerto. Se marchaba precipitadamente sin terminar el curso. Lo siento mucho, decía. Tal vez en otra ocasión, pero ahora tengo que irme. Esos manuscritos son muy importantes para el Instituto. Fuimos a despedirle al aeropuerto.

El último mes de clases se me hizo tedioso, aplastante de mediocridad. Después de las vacaciones, cuando ya se iniciaban las lluvias, recibí una carta suya. Jerusalén, 14 de Marzo de 1948. Recordado Damián. Y me contaba que el hallazgo lo había hecho un pastor beduino cuando buscaba una cabra que se le había perdido. Que los rollos de cuero manuscrito estaban en una cueva próxima al Mar Muerto, dentro de unas vasijas de cerámica. Me explicaba con exaltación la trascendencia de aquel descubrimiento. Que se había desatado una verdadera guerra entre instituciones por la obtención del manuscrito. Me hablaba del profesor Sukenik, de un Génesis apócrifo, de los esenios, de la vida eterna. Parecía alterado, como poseído de una fiebre escatológica. La última carta que recibí, dándome la dirección del convento de San Agustín, la recibí desde Roma. Su tono era diferente, agotado, algo deprimido.

Suspiré hondo.

—¿Se siente bien?

La muchacha me miraba extrañada.

—Estoy bien, gracias. Usted tiene las llaves de todas las celdas, ¿verdad? Acompáñeme.

Casi empujándola, llegamos a la celda del padre Juan Antonio.

—Por favor, abra la puerta.

Ella no se movía. Le supliqué, por lo que más quiera, hasta que sacó las llaves del delantal y abrió.

—Yo no sé nada de esto, yo me voy.

Entré en la celda y cerré la puerta. Traté de imaginar la tragedia que había tenido lugar allí. ¿Por qué lo hizo? ¿Qué pudo llevar a un hombre como él a tomar esa determinación? Miraba el techo tratando de descubrir alguna señal, pero todo estaba perfectamente ordenado.

Me senté en un rincón y volví a mirar a mi alrededor. Entonces me sorprendió ver junto a mi cabeza, en la chimenea, un ladrillo suelto. Aunque estaba cuidadosamente colocado, se podía apreciar muy bien que no estaba pegado con cemento, como los otros. Con ayuda de un abrecartas lo pude sacar. Miré hacia adentro pero no se veía nada. No sin cierta aprehensión metí la mano y encontré en el fondo del hueco, un estuche redondo. Dentro de él había papeles y un extraño material enrollado. Cuando lo extendí, me quedé fascinado. Era un manuscrito antiguo con caracteres que parecían hebreos. Había varias cuartillas escritas con la letra inconfundible del padre Juan Antonio. Empecé a leer:

> IQP Gen 2. Peser del capítulo 3 del Génesis. Primera gruta de Qumram. Relato en forma comentada y pseudohistórica a la manera del Midras Haggádico. El texto de este capítulo se aparta notablemente de la versión de los LXX en algunos pasajes. Podría tratarse de una tradición oral perdida posteriormente.

Consideremos, ahora, hermanos, la caída. Hombre y mujer estaban desnudos en el paraíso y no se avergonzaron pues desconocían el mal. El hombre le dijo a la mujer: —Vamos a recorrer el jardín, veamos cuáles son nuestros dominios. *Pero la mujer no quiso y el hombre se fue solo a recorrer el paraíso. La mujer estaba sentada sobre la hierba, contemplando en su ocio la belleza del jardín cuando se le acercó la serpiente, el más astuto de los animales. Le dijo a la mujer:* —¿Por qué Dios os ha prohibido comer de los árboles del jardín? *La mujer le contestó:* —Podemos comer el fruto de todos los árboles salvo de uno, aquél que está en el centro del jardín. Si comemos de él moriremos. —De ninguna manera, *replicó la serpiente.* —Ese es el árbol del bien y del mal. El día que comáis de él, seréis como dioses, podréis juzgar el bien y el mal.

Y como viese la mujer que la fruta era apetecible, alzó la mano para tomarla. Apareció entonces a su lado una mujer de gran belleza. Le dijo a la mujer: —No prestes oídos a la serpiente, te está tendiendo una trampa. No pruebes ese fruto, conocer el bien y el mal no te traerá ningún beneficio. *La serpiente le gritó:* —Vete de aquí demonio de la noche, vuelve al sol. *Pero ella tomó la mano de la mujer y corrieron tras unos matorrales. La mujer preguntó:* —¿Por qué no me dejaste probar el fruto del árbol prohibido? La serpiente me dijo que si comía de él tendría la sabiduría de Dios, conocería la ciencia del bien y del mal. *Ella le contestó:* —Dios les dijo que si comían de ese árbol morirían. ¿De qué te serviría conocer lo que está bien y lo que está mal si vas a morir?

Pero la mujer, tentada por la serpiente, sintió ansiedad de saber en su corazón. Al anochecer tomó al hombre de la mano y juntos caminaron hasta el centro del jardín. Tomaron el fruto prohibido y ambos comieron.

En la hoja siguiente había varias frases tachadas, pero al poner el papel contra la luz pude entender...

qué sentido tiene todo esto si voy a morir. Y al final, con una letra violenta que casi desgarraba el papel, se leía: *la vida sólo vale la pena si es para siempre.*

Me dejé caer nuevamente en el suelo. Observaba las cuartillas en mi mano, mi mano misma, como cosas lejanas, extrañas a mí. Me parecía flotar y alejarme hasta la ventana de mi cuarto, las montañas casi azules al amanecer, a miles de kilómetros de la muerte. Pero regresé a aquella celda de pesadumbre. La vida sólo vale la pena si es para siempre. ¿No era para siempre? La decisión suicida del padre Juan Antonio me producía vértigo, un hueco blanco que lo borraba todo a mi alrededor. Me dolía lo poco que había significado mi visita para él.

Estaba ensimismado cuanto noté que el picaporte giraba con lentitud, casi imperceptiblemente. No podía evitar el temor de que fuera el cadáver del padre Juan Antonio. La puerta se abrió de golpe y grité. Era el anciano sacerdote. Miró las cuartillas en mi mano, el manuscrito sobre la mesa y después, seguramente, mi expresión de terror. Debió comprender que lo sabía todo. Se acercó con lentitud y me arrancó los papeles de la mano.

—¿Qué derecho tiene a rebuscar en los papeles del padre Juan Antonio?

Su tono era violento. Aquel anciano sacerdote se había vuelto enorme, encorvado hacia mí, inundando mi cara con su fétido aliento. Intenté defenderme.

—Ya sé lo que le pasó al padre Juan Antonio, le dije desafiante.

—Al padre Juan Antonio no le pasó nada. Murió de un ataque al corazón. Trabajaba mucho y su organismo no lo pudo resistir. Yo mismo le acompañé en los últimos momentos y le di la extremaunción.

– ¡No es cierto, se suicidó!

Avanzó un paso más y me clavó su índice huesudo en el pecho.

– ¡Usted no hablará con nadie de este asunto!

Empezó a caminar lentamenta hacia atrás, hasta llegar a la puerta. Giró rápidamente y cerró. Cuando escuché la llave en la cerradura, tuve el presentimiento de que nunca saldría de allí.

* * *

Sí. El pobre Damián tenía una habilidad especial para presentir ciertas cosas.

Pasó el tiempo. El otoño llegó ventoso y dorado. En el pueblo todavía se habla en voz baja del raro suceso que tuvo lugar en el convento de San Agustín donde un simpático muchacho sudamericano había aparecido muerto en un rincón de la huerta después de haber comido por error unas bayas venenosas que allí habían crecido sin que el jardinero, aquel anciano sacerdote, las hubiera visto antes.

EL TERCER ANONIMO

Cuando el inspector entró en la casa, estaba oscuro y olía a cloaca. La lluvia entraba por los resquicios de las latas y caía en gruesos goterones hasta el suelo. Sobre el camastro, la madre lloraba.

Habían pintado con tiza el lugar donde estaba el cadáver, pero el suelo inundado era una masa pegajosa de lodo. Se podían ver sin embargo, las manchas de sangre por el piso, en las latas de las paredes y sobre la pila de leña cortada. El pequeño machete estaba totalmente ensangrentado.

La madre seguía llorando como si llorara todas sus penas juntas por primera vez en la vida. Un detective sentado en un cajón de madera, insistía:

—Vamos a ver, señora, trate de recordar.

—Ya les dije lo que sé. Eran por ahí de las siete, no recuerdo muy bien. Llovía mucho. Al entrar tropecé con esa mujer en el suelo. No sé quién es, no sé nada...

—¿No había nadie más? ¿Dónde estaba su hijo?

—No había nadie, ya les dije. Mi hijo trabaja en las tardes. No sabemos nada de esa mujer, nada.

—¡Ya! ¿Y cómo se explica que la mataran en su casa?

—¡Dios mío!, yo no sé nada, alguien nos quiere hacer un daño.

Y seguía llorando mientras mecía su cuerpo al compás de los lamentos. Todo le salía mal. Desde que nació todo le salía mal. Sólo había una cosa buena en su vida: Germán. ¿Dónde andaría ahora? Y aquella mujer, ¿quién era?, ¿qué tenía que ver con ellos?

* * *

Cada año, al empezar un nuevo curso, Julia tenía la esperanza de que algo nuevo sucediera. Todos los años era lo mismo. Los nuevos alumnos llegaban con las mismas odiosas expresiones de no entender nada, de no querer entender nada. Inundaban el aula con su sucio desorden, su chicle pegado en los asientos y su maldita despreocupación. Cada año aumentaba su desprecio por ellos, por todos ellos, sin cara, sin nombre, masa informe y vociferante.

Sin embargo ese año sí hubo algo diferente. Julia lo presintió como un extraño golpe magnético. Era mayor que los demás, sentado en el fondo del aula, sus largas piernas estiradas sobre el pasillo.

Julia fingió total desinterés.

—Aquí tienen el programa del curso, dijo autoritaria. Sólo hay un ejemplar para cada uno, así que cuídenlo. Quiero que lo lean detenidamente. No se trata de un programa decorativo... ¡vamos a ver toda la materia y en los plazos ahí previstos!

El no le prestaba la menor atención. Su mirada se deslizaba pastosa por el aula.

—¡Eh!... el jovencito del final, si lo que quiere es pasar el rato estaría mejor en una banca del parque.

La miró retador.

–¡Lo du-da!

Los demás rieron ruidosamente. Julia aceptó el reto. Caminó hacia él y ninguno bajó los ojos.

–Debe ser aburrido estar en una clase de niños... ¿ese ingenio sólo le ha servido para llegar a tercer año?

Sonrió en silencio sin bajar los ojos. Julia deseó abofetearlo. Le dio un fuerte puntapié en el tobillo.

–¡Siéntese bien, le gritó, está obstruyendo el paso!

No se esperaba algo así, era evidente. Recogió sus largas piernas y se acomodó en la silla. Esa misma mañana, al salir de clase, Julia revisó los expedientes. Germán Martínez Machado, 17 años, nombre del padre, guión, nombre de la madre, Adelina Martínez Machado, oficio de la madre, obrera textil. Indisciplinado, inteligente, aptitud para las matemáticas y una larga serie de reportes por faltas de disciplina y conducta escandalosa.

* * *

Después de observarla durante algunas semanas, Germán comprendió que se había hecho profesora para satisfacer su afán de poder. Le fascinaba manipular, humillar, hablar en tono prepotente. Disfrutaba teniendo en sus manos a un grupo de jóvenes sometidos y atemorizados. Y a pesar de eso le atraía de una forma violenta. ¡Buenos días! les escupía lunes y viernes a las ocho de la mañana, odiosamente puntual. La semana entera tenía sentido por aquellas horas que pasaba en su clase.

Indiferencias premeditadas, gestos y silencios urdieron una red especial, ambiguamente hostil. Germán sólo soñaba con verla. Le atraía el imán oscuro de sus ojos. ¡Tendrás que someterte a mí, como todos los demás! Sus labios finos sonreían. ¡Ya veremos quién tiene que someterse a quién!

–Germán, le dijo un día en clase, repita lo que acabo de decir. ¡Germán!, ¿no me oyó?

¡Qué trampa más ridícula! No le hizo ningún caso. Era delicioso hacerle perder el control. Siguió haciendo nudos marineros con el mecate. Oyó los pasos decididos sobre el mosaico. Vio sus piernas largas junto a la silla. ¡Germán! y una mano garra trataba de arrancarle el mecate de las manos. Jaló con fuerza y Julia se precipitó sobre él, casi rozó su cabello.

– ¡Qué bien huele la profesora!

Las risas explotaron en el aula. Había ganado de nuevo. Seguramente cada día le odiaba más y eso le resultaba excitante.

Los lunes y viernes Germán se levantaba más temprano y salía de su casa antes de que su madre se despertara. Escalaba los pequeños derrumbes de lodo, sorteando riachuelos de agua pestilente y arrancando hojas tiernas que masticaba eufórico. Julia estaba en todas partes. Su recuerdo era una sensación hueca y algo dolorosa en el estómago. Sin entrar en el colegio, se quedaba cerca de la puerta, apoyado en la pared, esperando que llegara, presintiendo impaciente ese momento único en que vivía el intenso placer de ser mirado por ella.

* * *

Con el paso del tiempo, Julia tuvo que aceptar la creciente importancia que Germán iba adquiriendo en su vida. Le buscaba ansiosamente en los corredores, en el patio, tratando de descubrir en algún rincón del colegio sus profundos ojos negros. Su papel de profesora dura y exigente se desmoronaba y en aquel espacio blanco, sin referencia alguna, sólo aparecía Germán, los ojos de Germán, el cuerpo de Germán.

Una mañana, antes de salir de clase, repartió unas hojas poligrafiadas sobre el siguiente examen trimestral. Permitió que los estudiantes las leyeran y después preguntó expeditiva: ¿hay alguna duda? Hubo un corto silencio y luego Germán se levantó, su largo cuerpo recostado contra la pared, la cabeza ligeramente inclinada.

—¿Qué sucede? preguntó Julia cortante.

—Vea profesora, es que no estamos de acuerdo con ese examen.

—¿Cómo que no están de acuerdo? Ustedes no tienen por qué estar o no de acuerdo. Es un examen reglamentario y punto.

—Pero es que no estamos de acuerdo en varios puntos. Por ejemplo, los temas sobre los que ya hicimos asignaciones no deberían entrar en el examen. Tampoco estamos de acuerdo con que las notas de los exámenes tengan un porcentaje tan alto en la nota final. Además...

—No me interesa jovencito. Lamento que no estén de acuerdo porque el examen se hará exactamente como está especificado en esas hojas. Y si no hay ninguna pregunta más, pueden retirarse, la clase ha terminado.

Recogió sus cosas y salió clavando fuertemente los tacones en el suelo. ¿Por qué la cólera le afectaba tanto? La adrenalina la llevaba a niveles casi dolorosos de crispación. Se sentía capaz de golpear a Germán hasta hacerle sangrar.

Ya en la sala de profesores, se hundió en el sillón, las manos rígidas contra la frente.

—Debo controlarme, me va a dar una jaqueca terrible.

Oyó la puerta que se abría y después una voz inconfundible.

— ¡Tan pensativa!

El pesado de Ovidio con su voz de falsete y sus pasitos de comemaíz. Insistió pegajoso.

—¿Problemas?

A pesar de la pereza respondió.

—No es nada. Ese grupo de tercero me tiene harta. Cada año se repite la misma historia: que los exámenes, que las notas, regateando el mínimo esfuerzo, como si estuviéramos en un mercado de saldos.

—La educación también es un mercado, querida, aquí nada se escapa a la compraventa... ni el amor. Y reía a carcajadas gruesas claramente improvisadas. Por cierto Julia, en ese tercero es donde está un muchacho, cómo se llama... Hernán, no... ¡Germán! ¿No te parece brillante?

Su gesto teatral no la tomó desprevenida.

—No, no me he dado cuenta. Con tantos alumnos por clase es imposible llegar a conocerlos.

—Así que no te has fijado en él... Sonreía con su habitual cinismo.

—Yo no me he fijado en él pero me parece que vos sí.

—¡Ay Julia, vos siempre tan malosa! Mirá, te voy a dar un consejo: tené cuidado, las mujeres de tu edad hacen locuras cuando se enamoran. Sobre todo las solteronas.

¡Como podía ser tan repulsivo! Respiró aliviada cuando entraron los demás.

* * *

La mañana de la marcha pro-aumento del presupuesto, profesores y alumnos iniciaron el desfile hacia el ministerio desde la puerta del colegio. Germán sabía que Julia no iría. Lo había descubierto casi todo sobre ella, lo demás lo adivinaba.

Caminó apresurado por los corredores y se detuvo frente a la puerta. Al otro lado estaba ella, Julia, altiva, labios finos, cabello suave, caderas, senos, Julia, deseada hasta el dolor.

Dos nudillazos enérgicos y luego escuchó su voz: ¡adelante! Al entrar vio que sus ojos brillaron, lo vio con claridad y eso le dio valor. Caminó hacia ella y apoyó los codos sobre la mesa. Quedaron frente a frente, demasiado cerca para que Julia pudiera fingir. Germán aprovechó su turbación, alargó la mano y le acarició la garganta con las yemas de los dedos, suavemente. Su cabeza se inclinó hacia atrás como una fruta madura. Deslizó los dedos por el borde del escote hasta el primer botón. Lo presionó contra la carne.

—No, por favor, pueden entrar...

—No hay nadie. Déjeme.

Germán se acercó más y empezó a tocarla rudamente con ambas manos mientras trataba de besarla en la boca. Cuanto más se le resistía, mayor era su excitación. De pronto ambos escucharon un portazo.

—Se lo dije, Germán, alguien nos ha visto.

Buscó ansiosa en todas direcciones. No había rastro de nadie Lentamente volvió a cerrar y apoyó la frente en la pared. Debía preocuparse y no le importaba. Le sorprendió ese hecho pero cuando sintió el cuerpo de Germán pegado a su espalda y sus manos presionando su vientre, lo olvidó todo por primera vez.

Podía sonreír y ser indulgente ahora que el amor la colmaba, ahora que los primeros aguaceros de mayo arrullaban su pasión al atardecer. Julia estaba convencida de que nada volvería a espesar el aire a su alrededor hasta que recibió el primer anónimo. Había abierto el cuaderno para pasar lista y allí apareció, cuidadosamente doblado.

Profesora, alguien que la quiere bien desea informarle que el estudiante Germán Martínez es un marihuano y un ladrón que se está burlando de usted. No lo vea más.

Y la firma, tres grandes equis. ¿Quién sería? Julia recordó el portazo en la sala de profesores. ¿Quién más faltó a la marcha?

Por la tarde, Julia no respondió con el mismo ardor a las caricias. No podía evitar una reinterpretación de ciertos gestos de Germán, voluntariamente ignorados. Su búsqueda reiterada de la sumisión, su maltrato obsceno dentro del amor.

El lunes siguiente, mientras tomaba café en la sala de profesores, vio un sobre amarillo en su casillero. Era el segundo anónimo, más amenazante que el anterior.

No hizo caso profesora. ¿Sabe que algo muy malo le puede pasar?

La realidad presionaba, era lo natural. Tendría que dejar a Germán. ¿Quién estaría enviando esos anónimos? ¿Sería cierto lo que decían de Germán?

Julia no hubiera podido comprender que Germán había empezado a perder el interés por ella. Su ternura le daba asco y le aburría el juego chantajista del te quiero mucho, cuánto me quieres. Aquello que en un principio le atrajo violentamente de ella, se había desvanecido.

Cuando Julia llegó a su casa, llovía pausadamente sobre el jardín. Se sentó en la mecedora y se abandonó a la melancolía. Cuesta tanto llegar a quererse a uno mismo, pensaba. Descubrir que ese uno existe, empezar a mimarlo, hacerle crecer con capas tejidas de hilos propios y ajenos, hilvanando contradicciones, apelmazando nostalgias, esponjando dichas. Y luego, simplemente pasan los años. Aparece la primera flaccidez, el primer bostezo, la pregunta diaria, el por qué y el para qué y no se sabe qué hacer con ese pequeño núcleo que empieza a desmoronarse. Se sobrevive a base de hábitos y viejos ritos, cada día más cerca del absurdo. Y justo en ese punto había aparecido Germán, reconciliándolo todo, permitiendo de nuevo la ternura. Y ahora, ¿qué podía hacer? Tenía que hablar con él, tenían que aclarar ciertas cosas, descubrir al autor de los anónimos.

Cuando sonó el timbre estaba segura de que era Germán, pero al abrir la puerta sólo encontró un sobre en el suelo. Era el tercer anónimo.

Profesora, Germán no llegará esta tarde. ¿Quiere saber con quién está? Podrá ver con sus propios ojos que no le conviene volver a verlo. Vaya a esta dirección a las 6 p.m.

Debajo venía el dibujo de un mapa detallado con una equis roja.

El texto logró despertar su curiosidad. Titubeó durante un buen rato. Faltaba bastante para las seis, pero al final decidió salir. Estaba diluviando. Caminó con paso rápido tratando inútilmente de protegerse con el paraguas. Atravesó un costado del estadio de fútbol y se detuvo. En la dirección indicada sólo había una hilera de tugurios cerca del río. Le vino la imagen de Germán, sus ojos negros con una dureza desconocida. Temía continuar y estuvo a punto de regresar a su casa, pero siguió adelante.

* * *

Ahora debía permanecer ahí, más sola que nunca, esperando que llegara el juez y levantaran su cuerpo. Mientras tanto, los demás repetían los gestos rutinarios de la vida, sentarse, fumar, mirar por la ventana. Gestos perdidos para siempre.

—¡Vamos señora, usted tiene que venir con nosotros!

—¿A dónde me llevan? Yo no he hecho nada, quiero ver a mi hijo. ¿A dónde me llevan?

* * *

Le hubiera costado reconocerle. Ausente, tembloroso, las pupilas dilatadas, mirando el vacío mientras Ovidio se restregaba las manos con cepillo y jabón. Se restregaba tan fuerte que parecía querer arrancarse la piel. Y es que fue Ovidio el que cogió el machete y empezó a golpear a Julia. Primero en el cuello, después en las manos y en los brazos que trataban de apartar el arma.

Pero fue Germán quien empezó a burlarse de ella cuando entró en la casa y los sorprendió en la cama. Se burló de su cara de sorpresa, de su figura ridícula, del tercer anónimo empapado en su mano.

—Fue idea de Ovidio, le dijo, lo de los anónimos.

Y ambos se reían. Se reían tanto que se les saltaban las lágrimas. Julia recuperó sus fuerzas. Los miró con ira y se dirigió a Ovidio señalándole con el dedo.

— ¡Sos un cerdo, me las vas a pagar!
— ¡Ay sí... qué miedo!

Ovidio se reía y Julia empezó a patearle.

—A mí nadie me patea, gritó desquiciado.

Antes de que Julia pudiera hacer nada, ya se había abalanzado sobre ella con el machete en la mano.

Después, sólo se oía el aguacero. Germán miraba a Julia, inmóvil en el suelo. Le desconcertaba la quietud y el repentino silencio que se adueñaron del aire. Cuando salió de allí, casi arrastrado por Ovidio, sólo sentía lástima por su madre.

bom[illegible] restregaba [illegible] que parecía querer arrancarse la piel. [illegible] Cadú [illegible] el [illegible] golpear [illegible] Primer[illegible] el cuello, después en las manos [illegible] los brazos [illegible] hacia [illegible] el [illegible]

[illegible] a burlarse de ella [illegible]

Se [illegible]

[illegible]

AURORA IMPOSIBLE

¡Qué vulnerables son las mujeres!, dijo su tía Cata como si declamara. Todos movieron la cabeza lentamente en la sala familiar. Asentían en silencio vencidos por lo inevitable. Aurora también, presentía que era cierto en algún lugar de su existencia. No supo entonces que pronto sería un grito inútil y ensangrentado en su cuerpo.

Luego, tendida ya, inmóvil en la cama del hospital, aquella frase rebotaba como una bola de algodón de un oído a otro. ¿Cómo se siente?, ¿desea alguna cosa? Nada. Los ojos de Aurora, más ausentes que de costumbre, se encontraban lejos, esperando el amanecer que nunca llegó. Incluso cuando la enfermera le sostenía con firmeza la nuca para que bebiera, o cuando acomodaba la ropa de cama con manos sabias, ni siquiera entonces sentía que era su cuerpo el que tocaban.

Sí, son vulnerables las mujeres, con qué facilidad pueden llegar a odiarse a sí mismas, como Aurora, y todo por culpa del hombre del carro rojo, personaje encarnado de miedos infantiles. Sus amigos de la infancia le decían que en los carros rojos venía gente mala a sacarle la sangre a los niños. Después se la vendían a los ancianos ricos que querían rejuvenecer. Por eso Aurora, Aurorita entonces, le tenía miedo a los carros rojos. Durante sus largos paseos en bicicleta, perseguía a los pájaros en el aire resinoso de los pinares, pero si alguna vez divisaba un carro rojo en el camino, levantando una amenazante polvareda a su paso, se tiraba de la bicicleta y se escondía en el primer lugar que encontraba. Así, paralizada, conteniendo el aliento, evitando tragar saliva para no hacer ruido, esperaba que el carro rojo chupador de sangre pasara de largo.

Aquella noche no se pudo esconder.

Siempre pedía un taxi para ir a casa después del turno de la noche en la farmacia, pero esa vez no lo hizo. Cogería el bus, la nueva ruta que funcionaba hasta la madrugada. Era un ahorro considerable, de ahora en adelante siempre tomaría el bus, pensó. Pero ya no hubo ningún de ahora en adelante. Todo se acabó. No sentía las piernas ni los brazos ni el enorme moratón que le hinchaba los labios. No se sentía a sí misma. Y era mejor así, porque si se sintiera, si fuera Aurora de nuevo, tendría que recordar, asumir milímetro a milímetro cada poro de su piel, cada fibra de su carne y eso era imposible como imposible fue el amanecer después de aquella noche.

La neblina del río subía lentamente hasta las barandas del puente. Era una hermosa noche, algo húmeda tal vez. Los tacones de los zapatos resonaban en el cemento del puente y el eco prolongaba su martilleo en el aire. Una luz blanca y potente proyectó de golpe su sombra en el pavimento. Sintió un escalofrío en la espalda. Un carro se acercaba lentamente.

Aurora recordó el carro rojo que se había detenido en la puerta de la farmacia un par de horas antes. Aquel hombre, después de golpear con fuerza la puerta del carro, caminó despacio hacia ella. Las botas sonaban fuertes y definitivas. Las manos hundidas en la jacket, los labios entreabiertos, los pantalones muy ceñidos. Aurora trató de parecer natural. ¿En qué le puedo servir? Unas pastillas de menta, por favor, le dijo. Las manos de Aurora temblaban bajo la mirada de aquel hombre.

Ahora, aún sin ver hacia atrás, tenía la certeza de que aquellos ojos la estaban mirando. Repentinamente Aurora adquirió una dolorosa conciencia de todo. Del puente sobre el río caudaloso, del viento, de su madre seguramente dormida con el radio puesto, de la absoluta soledad de aquel momento, del deseo de gritar o correr y el miedo a hacerlo por no parecer demasiado ridícula, del ruido espiral de motor cada vez más cercano.

Pero sobre todo, en aquel instante de vértigo, era consciente de los límites exactos de su cuerpo. Su cuerpo, repentinamente blando, era demasiado evidente: piernas, pechos, nalgas, sexo... era, inevitablemente, una mujer. No podía arrancarse de sí misma y arrojarse al río. No podía pasar inadvertida, aunque apretara con fuerza los músculos para convertir su carne en piedra, una piedra invulnerable.

El puente se hacía eterno, infinito. Aurora nunca llegó al otro lado.

LA FOTOGRAFIA

Otra vez lloviendo como todos los días de este julio disfrazado de octubre. Se levanta por partes, primero la pierna derecha fuera de la cama. El mosaico helado desanima. La mano izquierda después, aparta la cobija. Desnudo, caliente. Se rasca la cabeza, mueve la lengua de estopa. Todavía tiene ganas de vomitar, pero se sienta. Esa jueputa fiesta, un domingo, a quién se le ocurre. Mira el reloj, lo único que no se quitó –le quitaron– anoche. Las nueve y ve el reloj marcador, tan cuadrado como sólo un reloj marcador puede serlo y su pinche tarjeta amarilla a la izquierda, desnuda y sola también. Que se vayan al diablo.

Se levanta, puro plomo la cabeza. Dos alka-seltzer. Qué rica una cerveza bien fría o un bloody Mary... sangrienta María, piensa, y se toma el agua salada de un trago. El vómito casi se le viene. No se llamaba María.

Se mira en sus ojos enrojecidos, el espejo es inocente de tanta miseria. Se llama Esperanza. Gira con violencia la cabeza, pretende arrinconar las imágenes en ese lugar de la memoria que apesta a represión, como lo ha venido haciendo durante las últimas semanas. Pero las imágenes se rebelan, regresan con intermitencia de parpadeo.

Fue una sucesión de fotos. Cada tres segundos el motor de la cámara accionaba el mecanismo. En aquel instante no pensó más que en las fotos, únicas, extraordinarias. Ya las veía en la primera página, la mejor foto del año, algún premio en el extranjero, quién quita.

El personal del periódico lo felicitó. En la calle, apoteósico. Cuando salieron las fotografías en la primera página, los grandes titulares en rojo, los adictos al amarillismo se llevaron los ejemplares de su periódico favorito como pan caliente. Pan y circo y él era el gladiador. Eso le pedían: morbo. El mismo eco que resonaba desde las hordas salvajes, el circo romano, las hogueras, la guillotina, el campo de concentración, la picana eléctrica. Un eslabón más, todos perdidos.

Se siente mejor bajo la ducha. El agua amansa tibiamente su culpa, hasta la reconciliación. Hay que vivir. ¿Quién dice? Esperanza no quiso. Eso es lo que fascina y repugna, lo que lleva a la gente a ver las fotos. Algunos sin pudor, otros de reojo, algunos más como en las películas de terror, entre los dedos de las manos.

* * *

La mirada en el polvo, Esperanza hace fila, derretida por el calor. Las bolsas de ropa y comida en el suelo. Las arrastra con los pies cada vez que avanza. Se abanica con la tarjeta amarilla de visita conyugal. Prefiere pensar en el calor agobiante que en Gilbert. Mirar de vez en cuando la cancha donde juegan un partido, que a las dos mujeres que la separan aún de la puerta de entrada.

Cuando la muchacha le pide la tarjeta, se la alarga con vergüenza, observando fijamente el cuaderno donde quedará escrito sin remedio su nombre. Pase a ese cuarto para la requisa, le dice una muchacha flaquísima. ¿Tienen que registrarme? Y claro, es el reglamento. ¿Qué le pasa, tiene miedo?

Esperanza entra a pesar de la desconfianza que le inspira aquella mujer con acento de tango y telenovela. Pensó en los niños. Traélos, quiero verlos, le había dicho Gilbert por teléfono. ¿Cómo va a ser que te vean así a vos y a mí y todo esto...? Ellos no se dan cuenta, Esperanza.

Pase, es por aquel pasillo, los cubículos de la izquierda. Como clavos en los pies cada paso. Con todo, marcha erguida. La cara de Gilbert aparece al final del pasillo. No quisiera llegar nunca, a pesar del suplicio de miradas afiladas. Sobre la piel sudorosa recibe el beso de Gilbert. El coge las bolsas y entran en el cuarto blanco. Esperanza mira la última raya de luz antes de cerrar la puerta.

* * *

Sale de la ducha, se seca el pelo, el pecho. Le pica entre las piernas, maldita picazón. Piensa en Kira anoche, su pelo rojo mientras le bajaba los pantalones. Ahora puede jactarse delante de los compañeros: la presa más codiciada, la divina recepcionista había sido suya. ¿Por qué no podía decir ti-rár-se-la, o hacer un gesto obsceno como los demás, riendo? ¿Por qué la búsqueda del eufemismo, el asco por lo obvio? Escrúpulos recientes, repentino bloqueo de sentimientos y emociones. Sangre fría, corazón frío. Kira lo hizo todo por él. La notoriedad parecía convertirlo en un hombre excitante. Precisamente con ella había estrenado meses atrás el motor de la Cannon. Un solo gesto de la hermosa Kira en tres instantáneas prodigiosas. Después las torres de espuma ascendiendo en el rompeolas, el gesto de un ministro, la pelea en la cancha y después, por pura suerte o pura desgracia, las fotos de Esperanza.

* * *

Hastiada, mira la cama, el lavatorio, el excusado, todo más limpio de lo que esperaba. Pero Gilbert hambriento no la deja seguir con la inspección del cuarto. Le sube la enagua, le aprieta las nalgas, la desnuda, recorre su cuerpo con ansia, con prisa de olvidar los veintiocho días que lleva encerrado. Esperanza se deja, cumple, porque es el padre de sus hijos, pero un pequeño rencor le va creciendo en el alma. Mientras la besa, ella se mira los nudillos agrietados de tanto lavar ropa ajena. Se le ocurre decir entonces, sin maldad, sólo como desahogo, ¿por qué lo hizo, Gilbert, por qué tuvo que asaltar la casa del juez?, ¿qué vamos a hacer, Gilbert, los niños y yo?

Es la primera vez que le reclama. El viene haciéndolo desde el día del asalto, hora a hora, recordando como calambres en la piel cada paso, cada golpe, Gilbert, por favor, no llorés.

A la una y media empezaron a caer violentas correas de agua. Esperanza, pegada a las paredes, sale de la cárcel.

Colgada de la barra del bus, se balancea, hoja oscura en la rama fría a punto de caer. El bus frena de golpe, arranca a jalonazos y Esperanza, ajena, sólo ve el paisaje de casas oscuras, balanceándose con ella, colgadas también de una rama invisible e inmensa.

Aparecen las primeras casas de la ciudadela, rosado, salmón, celeste, verde lima. La suya es blanca. Sale entre empujones húmedos y malolientes. Camina despacio pisando las hileras de zacate entre las grietas del cemento, sin abrir la sombrilla, mojándose porque da lo mismo. Su casa blanca con un arco de metal en la entrada que ella se empeñó en tener, lujo incomprensible para Gilbert, un arco blanco que ella cubriría de triquitraque.

Ahora no importaba el arco ni la enredadera, acabarían quitándole la casa. Los niños preguntan y ella responde, su papá está bien, les mandó muchos besos. Con el jarro de café recalentado, mira a los niños como a lo lejos, al final de una larguísima calle. Podría apretarlos entre sus brazos, hundir los dedos en el pelo lacio, llorar sobre las cabezas menudas, pero están tan lejos, que solamente sorbe un trago de café y permanece sentada. Tal vez debería haberse quedado con Gilbert, consolarlo, pero él mismo se lo dijo: andate, Esperanza. Para seguir llorando a gusto seguramente.

* * *

Apoyado sobre el escritorio, pone el rollo en la cámara y ajusta el motor. Le da vueltas entre las manos, sólida, compacta, no demasiado pesada, perfecta. Gira nuevamente ante sus ojos, deslumbrante. La acaricia, el negro satinado se le mete por los poros. Oscila en el sillón, de un lado para otro, acunando su satisfacción. Se siente fuerte, ligero, con ganas de reír, como quien saborea el poder.

La puerta de la oficina se abre y entra Edgar como una tromba: miráveniterápidoconmigo elmajeaquelqueasaltólacasadeljuez sefugódelacárcel lotienenrodeadoenlacasa parecequehubountiroteo.

Antes de llegar a la casa de Esperanza, se oye el tumulto. Los de la televisión ya están ahí, los agentes del OIJ, los carros de policía, los redactores de sucesos de los periódicos grandes, los vecinos.

Se bajan del carro y se abren paso a codazos. La gente comenta, se empina, estira el cuello, dicen que mataron al marido, que ella se volvió loca, no deja entrar a nadie, ¿y las criaturas?

Acercatelomásquepodás aversipodésacar unas fotos. Los brazos en alto, dispara la cámara. Se aproxima a empellones a la primera fila. Un camarógrafo pelea con unos agentes del OIJ que le impiden acercarse a la casa. El muchacho protesta, grita, sus derechos, quiénes son ellos para prohibirle, libertad de expresión, libertad de acceso a la tragedia de los demás, función gratis, no se paga.

Los agentes empujan al camarógrafo hacia atrás. Edgar aprovecha la distracción y se cuela por el portón de la reja. Lo llama: veníterápidohombre. Atraviesan el arco blanco y entran en la casa.

Esperanza en un rincón tras el sofá
barricada de vinil azul
Los niños aferrados a la enagua
miran
Fuera de mi casa
gime
grita
voz de vientre
Una navaja en la mano
alta
Ultimo recurso
pancarta muda
La cámara se acerca
testigo negro
Más cerca aún
audaz
Recoge la expresión crispada
las centellas
la navaja en la garganta
Dispara
el mecanismo implacable continúa su designio
Esperanza se corta el cuello
rabia y muerte la fotografía.

MORIR EN LA BIBLIOTECA

Llueve, detrás de los cristales
llueve y llueve

Miraba llover del otro lado de la ventana. Llovía como sólo en esta parte del mundo sabe llover, con una insistencia tan calculada que uno se siente miserable, impotente.

Los libros sobre la mesa, abiertos, subrayados, marcados con *x* y *ojo* en el margen, pilot amarillo transparente sobre la frase clave. Pero la lluvia decía mucho más que todo eso. Me reacomodaba en mi verdadero agujero frente a los perfiles líquidos de la realidad.

La lluvia delata una cierta manera de ser de las cosas, especialmente a través de un vidrio y más especialmente aún para unos ojos como los míos que miran las puertas y los jarrones, los árboles y los puentes como seres vivos. ¿Cómo me verán ellos a mí?, funcionario ocioso, lector adicto, individuo recortado del contexto, superpuesto, algo así como una figura blanda que resbala por la superficie en el límite del mimetismo total.

Me miraba las manos, más blancas y más blandas de lo que yo hubiera deseado, los dedos en punta, poros abiertos, casi sin vello, como crudas. Era mi mano y sin embargo temía alzarla, me horrorizaba que se negara a ello, pesaba tanto, parecía tan rotunda, tan autosuficiente, tan ella misma. No tenté al destino y nos quedamos quietos, ella y yo, escuchando la lluvia.

sobre los pardos tejados,
sobre mi alma llueve.

Los libros, vivos también, muy quietos sobre el escritorio. La lámpara, las paredes, las cosas latían esponjosas a mi alrededor. Una sensación de profundidad ensanchaba el cuarto.

En ese preciso instante de expansión, quién sabe hacia dónde, entró ella, la de siempre, sin nombre, fastidiosa, prendiendo la luz, acomodando el cenicero, recordando la hora de esto y de lo otro, amarrando, definiendo, hay que, tienes que, deberías de, y la casa entera se contrae, hace el vacío contra mi piel, me sofoca.

No sé si fui yo, más bien debió ser otro dentro de mí, el que toma las decisiones. Levantó las manos y arrasó los libros de la mesa y con ellos barrió el hastío, la impotencia y como una sopa de letras, la letanía inacabable de ella: fracasado, mamulón, con los libros todo el día, escribe y escribe, lee y lee, en lugar de trabajar más, ganar plata y comprar un lotecito...

Al final soy un conejo, su voz me persigue en la huida, mezcla de llantos e insultos. Me escapo pero escucho atentamente el último reproche que lame mis talones hasta darme alcance en media calle: vas a ser el hombre más desdichado del mundo, cualquier día te vas a morir entre tus malditos libros.

Sus gritos se enredan en la lluvia, ya no los oigo, puedo respirar a fondo, eso me alivia. El enojo me ha subido la presión y me siento mejor, podría decir bien, pero no sería exacto. Camino bajo la lluvia, su ritmo me va ganando,

Te podría contar,
se está quemando mi último leño en el hogar
que soy muy pobre hoy

que por una sonrisa doy
todo lo que soy

Serrat camina conmigo, me siento triste, si no me cuido acabaré pensando que ella tiene razón, como siempre.

Con el agua por encima de los tobillos cruzo los arroyos turbulentos, lejos de los remolinos absorbentes de las alcantarillas. En medio de la calle observo un carro atrapado en un mar de lodo. Veo la cara de un señor común por la ventanilla cerrada. Nos miramos. Por un momento humanos solidarios frente a los excesos irracionales de la naturaleza, sólo por un momento, un mar de suciedad nos separa. Sigo adelante sin volver la mirada, escapando por segunda vez en el día.

El aguacero se detiene de pronto, mágicamente. Estoy frente a la Biblioteca. Los libros, siempre los libros. Un fluir de agua acompaña cada uno de mis pasos y un sonido de sapo tímido o gato abandonado atrae la mirada de la gente hacia mis zapatos. Sigo caminando, ¡ah, si fuera transparente!

Pegado a la pared, subo al segundo piso y me pierdo en el laberinto. Recorro pasillos entre estanterías con una contraseña en la mente: 833.91 B. Trato de captar la lógica de aquella organización vertihorizontal. Voy por el 83 y al dar la vuelta en el pasillo tropiezo con el 86. Dónde estará el queso, es cuestión de buscar con paciencia el camino y olvidarse de tanta meditabundia. Por mi buena acción recibo el refuerzo indicado, ahí está el 833, sólo tengo que seguir cuidadosamente con el dedo y con los ojos y si pudiera también con los pies, esa hilera de números blancos en los parches negros, sumiso, sin pedir nada imposible y nuevamente premiado por mi sentido común, caricia en el pelo, el 833 punto 91 y después, gratis, casi sin refuerzo, la B. No se puede pedir más a la vida, al menos en este preciso instante.

Tomo el libro y me lo llevo triunfante, aunque nadie lo diría al ver mi aire taciturno. Busco entre las mesas alargadas un espacio vacío, lo más vacío posible, lo más cerca del vacío de la ventana, sobre todo nadie al lado, tal vez al frente lo podría soportar, pero al lado, pudiendo rozar mi codo, hoy no lo soportaría.

Esta búsqueda es más dolorosa que la anterior en las estanterías porque es de vacíos y ya se sabe el desgarro que suele acompañar esas expediciones. Finalmente encuentro un lugar que es un borde, una esquina, dos lados vacíos, el pasillo y luego la ventana. Tal vez vuelva a llover.

Me siento. Soy un topo, voy a imaginarme eso con bastante intensidad, la máxima de la que soy capaz, la madriguera, el frescor de la tierra, a lo mejor lo consigo.

Comienzo a leer, me resbalo, me hundo, leo con otros ojos que tocan y palpan, me detengo, el placer de un encuentro a profundidad con Büchner,

Estoy contento cuando llueve o sopla el viento del noroeste, pese a que me estoy convirtiendo en uno de esos seres que por la noche, después de librarse de un calcetín, son capaces de colgarse de la puerta de su habitación porque les parece un esfuerzo excesivo quitarse también el otro.

Otro lobo estepario. Disfruto la empatía del encuentro, me siento al lado de Büchner, sobre su cama, me quito a duras penas un zapato y comparto su hastío, mirando el rostro del viento norte empapado de lluvia, cuando veo venir por el pasillo una muchacha, ningún sentimiento especial, nadie me acusaría de misoginia, hasta que se detiene en mi esquina de dos lados vacíos, Büchner en un lado y yo en el otro, y pasa detrás de mí, presionando el respaldo de mi silla con sus gruesas caderas. Comienza el rechazo visceral, la defensa animal del territorio. Las agujas salen por los poros, miden la distancia.

Se detiene justo a mi lado, arrastra la silla, tira la cartera sobre la mesa y se desploma sobre el asiento, desinflando el aire del tapizado vinílico. Yo seguía en la línea del esfuerzo excesivo de quitarse también el otro, sin pasar la página, petrificado por un malestar profundo y soberbio. Saca un libro largo de fotocopias. Por el rabillo del ojo, ¿por qué rabillo?, veo el título, Sociología de la novela, recuerdo viejas lecturas, podría ser un puente y sin embargo es justamente lo contrario, ensancha el abismo, resulta incongruente en aquellas manos, uñas rojas con medialunas blancas, dedos lechosos casiestallando dentro de anillos y más anillos. Además tose, no tiene la culpa, pero tose, acomoda su enorme trasero, absorbe por la nariz y empieza infatigable y ruidosa a pasar hojas. Büchner debe estar enojado también. Ya no me importa mirarla de frente. Giro el cuello y la observo, me fascina mi repulsa, me regodeo en ese sentimiento por varios minutos sin que ella lo perciba y después, algo más limpio por la catarsis de la mirada, regreso al libro. Dejo el calcetín atrás y sigo unas páginas más hasta encontrarme con Dostoievsky. Posiblemente Büchner está sonriendo ahora, la llave mágica abre el cofre de los mejores recuerdos,

Quisiera declarar solemnemente que ya en varias ocasiones he deseado convertirme en insecto. Pero ni siquiera a esto he llegado.

¿Tú Dostoievsky? Kafka también, tal vez, ¿y tú, Büchner?, insecto, cucaracha, conejo, topo, vocación zoomórfica, involución, qué fracaso para el homo erectus, sapiens, faber, economicus, y el origen de mi odio se me escapa sólo en parte. Pienso en su nariz ruidosa, el escándalo de las hojas me taladra los huesos parietal y occipital, haciendo caso omiso del frágil pabellón, qué desperdicio esa artesanía de cartílago, huesecillos encadenados para nada, ella irrumpe, avasalla, destroza brutal, y lo peor, torpe, ignorante de su hazaña.

Vuelvo a mirarla, busco mentalmente la manera de explicitar mi odio y no la encuentro, o lo disfruto demasiado como para dejarlo ir sin más, o necesito que su mirada de frente desencadene el alud. Y lo hace de pronto, me mira con sus ojos pequeñitos, botones de almohadón. Cruzo con el índice mis labios y suelto un largo y ruidoso chisssssssssssssss. Las cabezas de gente indiferente se alzan, giran. De todas las mesas se vuelven a mirarme brillantes botones de almohadón. Sólo tú me sonríes, Büchner, y los demás, Dostoievsky, Hesse, Godot, Felisberto Hernández, me dan fuerzas para seguir con la apariencia de guión: deje de hacer ruido, nos está molestando, le grito. Mira dócil las dos esquinas de la mesa siguiendo el gesto de mi mano. Como no entiende nada y además parece tener miedo del plural, me da risa, me da tanta risa que ya no puedo hablar, no soy dueño de mis labios ni de mis pulmones, empiezo a llorar de risa entre hipos y suspiros, me duele el diafragma, me incorporo para reír mejor pero es igualmente doloroso, caigo al suelo y me sujeto el vientre, se asoman caras y más caras para verme, me retuerzo de dolor y de risa, están serios y asustados, no puedo parar y todavía me hace más gracia pensar que ella tenía razón, que nunca he estado tan solo y tan triste como en este momento que me estoy muriendo de risa en la biblioteca.

LA PUERTA ABIERTA

La puerta se abrió y entró ella. Alguna vez tenía que ser ella y no otra, terca, inevitable. Margarita se frunció, ¡carajo, quién lo iba a decir, tan pronto! Lo insólito se hizo cotidiano a partir de aquel momento en un punto de su cuerpo, el más observado y temido, el más estéril, ahora hervidero de células enloquecidas, anarquía vital contracorriente.

Margarita, aún te mortifica tu indecisión, luchar o dejarse ir, cuando el dolor no deja resquicio alguno para escogencias, apenas da chance de respirar y tú les preguntas qué sentido tiene esto, sin pelo, sin carne. Están convencidos de hacer lo mejor, con el tubo plástico para defecar y el ungüento sobre las llagas de la piel inmóvil.

La puerta abierta lo justifica todo, la humillación más grande. Que no vengan, les dices, que no te vean sufrir para que no sufran y evitarte así ese doble sufrimiento. Pero insisten en llegar para dejar sentado quién está del lado cierto de la vida, aunque lloren. Sólo les pides más calmantes, más fuertes, que te cierren los sentidos, ¿qué les cuesta?, les preguntas. Tienen miedo de usurpar un supuesto poder sobre la vida.

Te hundes impotente en el dolor, lo repasas muy despacio, le descubres el camino y casi te rindes, sollozando. Gritarías, si pudieras. Si pudieras, dejarías de suplicar una mano para atravesar la puerta abierta. Pero no puedes, te poseen, sólo el dolor es tuyo.

Marquitos, por favor, acordate cuando eras niño y venías a jugar con los chiquitos. Yo te daba gelatina con helados, ¿no te acordás? Nadie se va a dar cuenta, Marquitos, ya no puedo más, mirá este inmenso abdomen que me engulle. Una inyección, una pastilla, yo te bendeciré desde el cielo.

No puedo, doña Margarita, la ética, comprenda, el Colegio de Médicos, nunca se sabe, ¿y si se recupera?

Te vas, Marquitos, con tu bata blanca, henchido de poder, negándote a mi súplica y me mandás al cura para que me cuente un cuento sobre los insondables misterios del Señor y ofrezca mi dolor por los demás, pero no puedo, padre, ya no quiero más este dolor, a cambio de nada, ni de aquí ni del más allá. Tenga misericordia de mí, padre, tal vez pueda conseguirme alguna cosa, sólo por piedad.

Ves el terror en su mirada. También se va. Se lo pediste a la enfermera que te sonreía y dejó de venir, a tu sobrina preferida, la que te recuerda a la hija que nunca tuviste y te miró indignada.

Todos han huido, Margarita. Al principio soportaban tu monstruosidad y tu dolor como un juego de espejos monstruosos. Pero ahora, enfrentados a la muerte, más la de ellos que la tuya, han huido.

Sola recorrerás el dolor innecesario de interminables segundos hasta cruzar el umbral de la puerta que hace tiempo se abrió para ti.

AL PARECER UN MENDIGO

Un periódico, un día, una noticia.

Un hombre ha muerto de frío. Su cadáver fue encontrado en un descampado. Al parecer era un mendigo que solía dormir a la intemperie. No resistió la baja temperatura de la noche anterior y murió de frío. La víctima fue identificada como Fernando Ocelo, que representa unos sesenta años de edad, sin domicilio conocido.

Al parecer. Toda mi vida ha sido un al parecer sin demasiada realidad. Eran reales la soledad y el frío, pero la vida era un espejismo y yo una caja hueca cubierta de espejos donde lo exterior se vivía indiferente: el viento, el invierno, los perros. Mi vida era una mierda de vida. Tal vez yo lo era también.

Ultimamente me pasa algo curioso. Cada día siento el cuello más doblado hacia adelante y hacia abajo. La barbilla se me clava en el pecho y me hace daño. Mi propia barbilla me martiriza. Tengo que encorvar la espalda para que no se clave con tanta dureza. Así, mi horizonte se ha ido empequeñeciendo. Antes podía ver las casas, hasta los últimos pisos, las antenas, los cables, los pájaros. Luego, sólo veía el suelo, un suelo muy amplio todavía, mucho horizonte aún. Pero poco a poco, cuanto más se hundía la barbilla en el pecho, más se iba reduciendo mi campo de visión. Unos metros delante de mis pies, mis propios pies y ahora ni eso. Veo mi vientre y algo de mi corazón. Triste espectáculo mi cuerpo, mi cuerpo sucio y encogido, mi ropa oscura y deshilachada. Triste espectáculo el de mi propia miseria.

Por la noche, en la enorme oscuridad, notaba que mis ojos daban vueltas en su doble cárcel para ver lo que había a mi alrededor. Pero a mi alrededor no había más que yo mismo. Todo el mundo no era más que yo mismo. Estaba harto de mí, mirándome a mí, clavado en mí.

Cuando llegaba al vertedero de basura, me tumbaba boca arriba para dormir y con un poco de esfuerzo, veía el horizonte. La niebla de la ría, húmeda y maloliente, se metía en mi nariz, en mis ojos. No recuerdo cuándo fue el último día que vi ponerse el sol. Luego, sólo contemplaba la punta de mis zapatos que se abrían como bocas lamentables rellenas de periódicos arrugados. Veía los perros que pasaban, escuálidos, con el hocico asqueroso de olfatear tanta basura. También las ratas, enormes, panzudas, pardas, vivaces. Se me acercaban y me olían. Seguramente me olían con gusto. Me hacía gracia que pudieran olerme con gusto. Subían por mis piernas y se detenían en mi sexo dormido. Me olfateaban y entonces les daba un puñetazo, ¡putas!, les gritaba. Y a pesar de todo, me hacían gracia.

También veía manchas de color que pasaban lentamente. Eran los buques que entraban y salían de la ría tocando con pereza sus sirenas.

Por la mañana, la luz se extendía por la ciudad y llegaba hasta mi vertedero de basura, hasta mis ojos escondidos. Doblaba con cuidado la lona que me servía de cama y la escondía debajo de los arbustos que crecían al borde de la ría.

Un día me di cuenta de que no necesitaba mis ojos para casi nada. Podía seguir mirando hacia mí mismo y seguir viviendo. Mis manos, sin mis ojos, se habían vuelto más inteligentes. A veces me parecía que llevaban una vida aparte de la mía. En la puerta del mercado, mientras me apoyaban en la pared, mientras mi barbilla se clavaba como nunca en mi pecho, mis manos se alargaban audaces y recibían con avidez lo que en ellas dejaban caer las gentes apresuradas y anónimas.

Antes veía los ojos de los que me daban limosna. Más tarde veía sólo los pies. Sabía si era hombre o mujer. Ahora no los veo, no sé cómo son ni cómo me miran ni qué culpa secreta les impulsa a darme limosna. Al principio me costó acostumbrarme a no ver sus ojos. Ahora me da igual. Estoy completamente clavado en mí mismo y no me interesan los ojos de nadie.

He notado que ahora me dan menos que antes. Muchos se habrán sentido aliviados al no ver mis ojos ni se sentirán obligados a dejar su monedita, su barrita de pan... ¡su mierda! Yo también estoy aliviado al no verlos y al no necesitar verlos.

El mundo se ha reducido a ruidos, oscuridad y frío, mucho frío.

LA IMAGEN EN EL ESPEJO

Sabía que mirarse en el espejo por la noche traía mala suerte. Lo sabía porque lo había oído de refilón en el parque y eso que uno oye a hurtadillas tiene el mérito de un secreto robado, de una información casi mágica que puede abrir quién sabe qué puertas o quién sabe si cerrarlas, porque mirarse en el espejo por la noche, casi a oscuras, era como cerrar todas las puertas salvo una, aquélla que reflejaba su imagen para sorprenderla con ángulos desconocidos, sombras y matices que alimentaban fantasiosamente su búsqueda.

Y es que Rebeca se había perdido en la rutina plácida de todos los días. Ya casi no se reconocía. Por eso aprovechaba las noches, con el pretexto de cepillarse cien veces el cabello, para irse reencontrando.

Desde que murió su madre y Pamela se fue bruscamente de casa, no había tenido en quién mirarse. Recluida en la enorme casona, sin hijos que la reflejaran, sin servicio doméstico, fue perdiendo la capacidad de identificarse y hasta la facultad del habla. Si no fuera por los largos soliloquios frente al espejo, ya hubiera olvidado todas las palabras.

Al principio era sólo un rato por la noche. Se ponía la bata lila y frente al espejo empezaba la búsqueda al compás del cepillo. ¡Eran tantos los recuerdos, tan remotos! Aquel caballo desbocado que la llevó una tarde, aferrada a su crin sudorosa, por bosques tupidos de lianas. Recordaba entusiasta el temor y el placer de la Rebeca perdida. Con frecuencia una sombra se debatía dolorosamente dentro del espejo sin llegar a tomar forma.

Como el tiempo no le alcanzaba, adelantó la hora de acostarse. Antes del ocaso, ya estaba Rebeca frente al espejo, resolviendo sin prisa el enigma de su vida con la clave del pasado.

El placer de recuperarse era tan dulce, que lo abandonó todo. El polvo se acumulaba sobre libros y muebles y la hierba desbordaba el jardín. El gato huyó de la casa, harto de tanta suciedad.

Hasta que un día llegó Pamela. Sabía que Rebeca estaba perdiendo la razón. Pamela siempre lo sabía todo, ya fuera rebuscando en diarios secretos, memorias, ataques sonámbulos, intrigando o leyendo el pensamiento con sus ojos de siamés.

Así fue como volvió Pamela, la mayor, tan flaca, tan de luto, remarcando hasta el exceso su orfandad absoluta. Venía a ocuparse de su hermana menor como antes lo hiciera con su madre. No valieron excusas, si estoy muy bien, para qué te molestaste, de Rebeca, que veía en peligro la tarea de rehacerse.

Tuvo que reducir las sesiones frente al espejo y volver al horario nocturno. Afortunadamente su hermana se dormía en seguida, antes incluso de darse la vuelta hacia la pared de siempre, empezaba ese resoplido fuerte, como de fuelle, que le aseguraba a Rebeca la soledad que requería su búsqueda.

Algunas veces, muy raras, Pamela tardaba en dormirse. Entonces miraba a su hermana y repetía la misma pregunta: Rebeca, ¿otra vez peinándote? Sí, le respondía, son cien cepilladas y contaba monótona: una, dos, tres, cuatro... hasta que la veía darse vuelta con su fuelle acompasado.

Por las mañanas salían de compras. Las cosas necesarias primero, luego las otras, las que hacían gozar a Rebeca: los mamones chinos, las anonas. En todas ellas encontraba nuevos datos, descubriendo con desolación que el ámbito en el que se había perdido era más extenso que los cuartos de su casa.

Pasaron varias semanas sin que Pamela advirtiera mejoría alguna en su hermana, ensimismada siempre, soñando despierta, repitiendo ritos sin sentido. Pamela decidió mudarse a la casa de Rebeca que era, ante todo, la casa de la madre. Así fue como regresaron los muebles de caoba, los tapices españoles, las porcelanas y el espejo veneciano. La herencia familiar, obsesivamente conservada por Pamela, regresaba al hogar. ¿No es maravilloso, Rebeca? Para acomodar todo esto habrá que prescindir de algunos muebles. ¿Cómo has podido vivir rodeada de tan mal gusto?

Lo primero fue la cómoda torneada y el espejo de Rebeca. Pamela manejaba su vida nuevamente. Desde la ventana de su cuarto observaba la frágil cómoda sobre el camión de carga. El pasado se desvanecía, ¿para qué seguir buscando?, se puede ser cualquiera en un presente petrificado.

Pero el antiguo espejo veneciano, desde un rincón diferente del cuarto, la sedujo. Fue una noche, se despertó sin saber quién era, se revolvió en la cama, se levantó y palpó ansiosa las paredes del cuarto. ¿Quién es Rebeca?, gimió. Inútil arañar la memoria. Acabó apaciguada frente al espejo, intuyendo la respuesta. Comenzó a peinarse, la imagen que le devolvía era distinta a las otras.

Por la mañana, Pamela percibió una nueva seriedad en el porte de su hermana. Hoy te encuentro mejor, Rebeca. ¿Descansaste bien anoche? No era bien, sino diferente. No lograba reconocer por ejemplo el gesto amplio al servir el té o cierta majestad al caminar. Al advertir el cambio en las maneras habituales simples de su hermana, no pudo evitar cierta sensación de amenaza.

Los días pasaban y la transformación no cesó. Pamela la observaba con disimulo, espiaba sus gestos, la altivez de su cuello.

¡Pamela, hoy no voy a acompañarte al mercado, hace un calor pavoroso!... trrráeme unas manzanas verde doncella, por favor.

Pamela se detuvo un instante: trrráeme... trrr... trrr, la erre se le había enrollado en el paladar subiéndole por la nariz. Rebeca nunca antes, se repite a sí misma, nunca antes había hablado así.

Mientras salía de su casa, cabizbaja, el recuerdo sombrío de la madre se apoderó de ella.

Pamela, trrráeme de la farmacia agua de azahar.

Y cuando estaba saliendo por aquel mismo zaguán, *Pamela,* otra vez, *Pamela, antes de irte acomódame los almohadones...* de un lado a otro, del cuarto a la cocina, de la cocina a la salita, de la salita al cuarto, Pamela, siempre Pamela, dando masajes, haciendo recados, preparando tisanas. Eficiente, abnegada, Pamela, la mayor. Y por debajo de ella, escurridiza, Rebeca, vigilada, sospechosa de ser feliz.

El fuelle de Pamela no volvió a sonar. Se pasaba las noches en blanco, mirando a su hermana frente al espejo veneciano, cepillándose el cabello una y otra vez.

Esta noche ha percibido un brillo especial en el cabello d(Rebeca. Se incorpora, oscila la cabeza, pero el extraño brillo continúa. Se aproxima despacio y roza el cabello de su hermana, completamente blanco y plata. Y en el espejo, frente a las dos, otra mujer. ¡Dios mío, Rebeca, es mamá! Y ya casi no es Rebeca cuando se vuelve a mirar a Pamela con los ojos fríos de la madre.

No digas tonterías, Pamela, te he dicho mil veces que controles esa imaginación; trrráeme un té de manzanilla, esta noche tengo insomnio.

Al salir del cuarto, Pamela oye la voz definitiva de su madre:

Pamela, espero que no trates de envenenarme otra vez.

Pamela camina sobre el dibujo geométrico del mosaico. Entra en la cocina y prepara lentamente el té. Su destino inevitable se repite, pero su capacidad para manejar la vida y la muerte ya no es la misma, no hay futuro que liberar, salvo unos años más de reuma y fatiga que no parecen justificar, como antaño, una medida extrema.

Tintinea la taza de porcelana mientras camina por el corredor. Los ojos duros de su madre atraviesan su propia mirada desde lo que fue, hasta hace unas horas, el rostro de Rebeca.

Está frío, Pamela, sabes que detesto el té frío. ¿Cómo puedes ser tan inútil?

Pamela se acuesta y se arropa con el inútil de siempre, el de su infancia invadida, el de su juventud usurpada, el inútil del pasado que suponía definitivamente muerto, como su madre.

LA LLAVE

Te sientas fatigado en el jergón de la cama. Han pasado treinta y tres años del homicidio y no has encontrado la llave. Viste cómo el anciano la lanzaba sobre tu cabeza antes de morir a tus pies. Los primeros meses escarbabas el día entero, debajo de la hierba, metiendo las manos en el lodo, en las madrigueras de las serpientes, entre las ortigas. Incluso por la noche proseguías sin descanso la búsqueda.

Aquella llave abría el cofre que el anciano apretaba contra su pecho. Si la hubiera soltado, no hubieras tenido que matarle, pero se aferraba a su misterio sólo para que tú lo desearas más.

Hoy se cumplen exactamente treinta y tres años y aún no has encontrado la llave. Con el paso del tiempo se te ha ido olvidando. Sólo como un rito buscas desganadamente entre los helechos, a veces bajo la leña cortada, aunque sabes que el anciano arrojó la llave lejos de tu choza.

Observabas con odio el cofre, en el lugar de siempre, obstinadamente cerrado. Pero en los últimos años, has debido darte cuenta, has empezado a mirarlo con indiferencia.

Y ahora que te recuestas lentamente en la cama, con la certeza de que vas a morir y miras el cofre con la ternura de las despedidas, voy a decirte lo que había en él: solamente tiempo.

LA ULTIMA VOLUNTAD

Antes de morir dejé escrito en mi testamento que no me quemaran, por lo que más quieran, no me vayan a incinerar, que yo quería pudrirme lentamente en el cálido hueco de la tumba familiar, no importaba que reacomodaran los huesos del abuelo Antón, de la abuela, de los tíos y todos los demás, metidos en bolsas de plástico con el nombre del difunto bien claro, no fueran a hacer como en los monasterios medievales, apilar huesos clasificándolos por cráneos, tibias, carpios y metacarpios, porque luego iba a ser un lío la resurrección y podían darse reconstrucciones monstruosas que espantarían al mismo Lucifer, amén del terrible problema de identidad al no saber quién es uno entre tanto hueso propio y ajeno.

Por eso les dije y les repetí mil veces, aparte de mi voluntad escrita en el testamento, que me enterraran completa, con la mantilla española de mamá, el rosario de pétalos de rosa, las manos enlazadas, no amarradas con un pañuelo pues luego no sabría cómo desamarrármelo, con medias y zapatos por si ese mausoleo resultaba frío en diciembre, dispuesta a la dulce espera de la resurrección, segura como estaba de la salvación eterna pues en mi juventud compré numerosas indulgencias, aunque después las eliminaran por influencia nefasta de los protestantes.

Siempre fui fiel católica y además recibí los últimos sacramentos que me ayudaron a bien morir. Por dicha comprendí que me estaba muriendo e insistí que llamaran al padre Rogelio desde mi cama moribunda y allí mismo les recordé, casi exánime, que me enterraran en el mausoleo, no me fueran a incinerar, que quería gozar de la gloria apoteósica de la resurrección con mi cuerpo íntegro y mi alma purificada por dulces tormentos, porque serían tormentos dulces, estaba segura, preámbulo soportado con amor pues me acercaría a la luz, al reino definitivo, a la verdadera vida.

Ahora que suenan las trompetas y los ángeles recorren con sus espadas de fuego los rincones de la tierra buscando a los benditos de mi padre, ahora que los cuerpos salen de las tumbas y se unen a las almas, ahora sé que no lo hicieron. Mi cuerpo calcinado, pulverizado, arrojado sin contemplación ninguna a la superficie indiferente del mar, no podrá resucitar jamás, no podrá convertirse en cuerpo glorioso y vagará sin forma por los abismos celestiales, muy próximo a la nada, en el limbo de los que no pudieron ser juzgados.

ESE ENFADO EN LOS OJOS

El aburrimiento era más largo que sus trenzas. Tenía sed y calor. A veces escuchaba la música del órgano y a ratos, golpeaba el banco con el zapato derecho. La señora gordísima junto a ella, aparte de invadir su minúsculo espacio, la agredía con sus ojos enrimelados cada vez que golpeaba el banco. ¡Qué ganas de sacarle la lengua! ¿Cuándo nos iremos a casa?

En las manos, el bolso de mamá. Las argollas doradas de las asas sonaban con un clic metálico cada vez que las cambiaba de posición. ¡Clic, hacia adelante!, ¡clic, hacia atrás!, ¡clic, la señora gorda vuelve a amenazarla!

Baja los ojos y se encuentra el charol negro. Se mira, fascinada por su imagen que arruga la nariz, levanta las cejas, saca la lengua y de pronto recuerda algo. Abre decidida el bolso y saca la polvera, la polvera siempre negada, plata y nácar, y se mira en el espejo, su cara en el marco redondo, sin trenzas, su cara de grande, sola entre grandes, y la mota tan rosada, tan suave, en las mejillas, en la frente, una caricia en la piel.

En ese momento me sorprendieron tus ojos. Habías regresado con mamá y estabas de pie, al otro lado del banco. Tus ojos grises, a veces azules, siempre tan dulces, me miraban severos. Tu severidad me dolía como un golpe, una herida, porque yo te quería mucho, como a nadie, más que a nada.

Te esperaba siempre al mediodía. Después de poner la mesa, me asomaba a la ventana y miraba a lo lejos, donde se acababa la calle, hasta que tú aparecías. No salía a buscarte, prefería quedarme en la ventana, viéndote llegar, observando el movimiento de tus anchos pantalones fatigados. Tus hombros inmensos avanzaban a cada paso con un movimiento de ola, con algo de batalla perdida de antemano.

Por eso me dolió tu mirada de reproche, porque no podía soportar que no me amaras totalmente, en cada instante. Yo te quería desde que amanecía, desde el momento en que te oía cantar aquella canción, siempre la misma:

Los campanilleros a la madrugada
me despiertan con sus campanillas
y con sus guitarras me hacen llorar

¿Por qué una canción tan triste?, ¿por qué si todos te queríamos tanto? Sobre todo yo, porque todavía me alzabas sobre tus hombros cuando salíamos a pasear. Y me llevabas la pesada cartera de la escuela, calle abajo, hasta la desolada explanada donde nos despedíamos. Tú siempre esperabas que llegara al otro lado. No necesitaba mirar hacia atrás. Sabía que al finalizar la escalera de piedras, tú estarías allí para decirme adiós. Y cuando nevaba, yo caminaba detrás de ti, jugando a poner mi pie en la blanda huella que dejabas en la nieve.

Casi nunca me regañabas, jamás me pegaste, pero tu mirada fue suficiente para que me sintiera pequeña y desamparada. ¿Qué tenía de malo jugar con la polvera de mamá, mirarme en el espejo, rozar la mota en mi piel? Ni siquiera ella que me castigaba tanto le dio importancia. ¿Por qué tú sí?

Sin comprender la razón de su enfado, guardó la polvera en el bolso, ¡clic! y no volvió a levantar los ojos.

LA PRIMERA VEZ

Las escaleras de mármol eran grises y empinadísimas. Yo apenas alcanzaba el pasamanos de bronce. De haber querido mirar la enorme araña de cristal que colgaba del techo o el adorno de escayola que la circundaba, posiblemente me hubiera desnucado.

Al final de la escalinata había una puerta enorme con vidrios color ámbar. Cuando llegaba al rellano final, empujaba la pesada hoja con dificultad. Tenía que venir el portero cejijunto y agrio a abrirme. Siempre me hacía sentir inoportuno. Llevaba tantos años allí, el uniforme azul brillante por el uso, que se creía el dueño del edificio. Me miraba con fastidio. En aquel entonces sentía que él tenía razón y cualquier arbitrariedad de su parte la hubiera aceptado como merecida. Tenía madera de torturador.

Si yo fuera a los pisos de arriba, pensaba, si entrara en el ascensor forrado de espejos y terciopelo, tal vez me trataría con respeto. Pero yo no iba a los pisos de arriba con balcones de hierro forjado y tesoneros geranios rojos. Yo no formaba parte de aquellas familias privilegiadas que habían prosperado a la sombra de la dictadura. Iba al sótano, al segundo piso hacia abajo, adentro de la tierra, paralelo al laberinto de las alcantarillas y los túneles del metro; la ciudad de las ratas y los buscadores de tesoros perdidos en inocentes desagües.

Del vestíbulo hacia abajo, las escaleras eran de mosaico y el pasamanos de madera renegrida. En cada piso, dos puertas se hacinaban al final de un pasillo. Bajaba los dos pisos aliviado al pensar que no tenía que descender más bajo aún. Me limpiaba los zapatos en el grueso felpudo de esparto y tocaba el timbre con forma de pezón negro en un seno blanco de porcelana. Pasaban muchos minutos antes de que tía Fernina abriera la mirilla y asomara su ojo azul. Soy yo, tía, le decía. Y todavía tenía que esperar que acomodara sus muletas antes de abrir la puerta. ¡Vaya, vaya, si es Víctor Manuel! Siempre decía lo mismo, aúnque todos los martes llegaba puntual. Salía del colegio a las cinco y media y tardaba exactamente diez minutos en cruzar tres calles, curiosear el kiosko de las revistas, entrar en el portal, subir la escalinata de mármol gris, atravesar el menosprecio del portero, bajar dos pisos y tocar el timbre.

Tía Fernina me daba un beso tibio en cada mejilla. Nunca supe si me agradaba o me desagradaba, pues ya desde entonces era presa de la ambigüedad de los afectos.

Mi tía, como las plantas que viven a la sombra, era larga, delgada y un poco transparente y por vivir solitaria tenía la mirada como perdida. Después de preguntar por mis padres, se deslizaba a la cocina, único lugar de la casa a donde llegaba, a determinadas horas del día y en ciertas épocas del año, un poco de sol.

Me sentaba a la mesa del vestíbulo-sala-comedor, miraba las flores envejecidas del papel tapiz y escuchaba el programa de los martes en Radio Intercontinental. Todo se repetía con tanta exactitud que parecía un juego.

Mamá había convenido con tía Fernina que los martes, después del colegio y antes de la clase de inglés, llegaría a merendar a su casa. Al principio me disgusté. Detestaba el inglés y tía Fernina me inspiraba un desagradable sentimiento, mezcla de piedad y asco. Con el tiempo, lo fui superando.

Para mí sólo existían en aquella casa tía Fernina y el portero prepotente, hasta que un día conocí a Leonor. Un día muy frío, la nariz debajo de la bufanda, vi entrar en el portal a una especie de niña. Apresuré el paso y cuando llegué a la escalera, ella ya estaba tratando de abrir la enorme puerta. Observé que era demasiado ancha y tenía los brazos muy cortos. La seguí hasta el segundo sótano. Su pelo era rojo y ondulado. Con cierta dificultad abrió la puerta y antes de cerrar, a través de una delgada rendija, vi su cara inmensa de enana.

Mientras tía Fernina preparaba mi merienda en la cocina, le pregunté, ¿quién vive al lado, tía? ¿Esa...? Una pájara de cuenta. Se llama Leonor. Leonor y recordé con desasosiego su cara blanca, pecosa, sus diminutos ojos verdes.

Durante toda la semana pensé mucho en ella. Trataba de recordar la instantánea de su rostro, pero nunca me parecía completa. Una y otra vez volvía a la misma escena, reconstruyéndola con ahinco, hasta que recordé con toda claridad que antes de cerrar la puerta había sacado la punta de la lengua y la había deslizado entre los labios.

Pasaron los martes y no volví a verla. Hasta Navidad. Había ido con mamá a visitar a tía Fernina. Le regalamos una cesta de comida envuelta en celofán amarillo para que endulzara con golosinas su soledad navideña.

Esa tarde, en lugar del consabido chocolate con galletas, los tres tomamos un delicioso vino dulce con pedacitos de pasas, higos y manzanas asadas. Mientras ellas conversaban, repetí otra taza de vino. Masticaba feliz la pulpa borracha de las frutas. Sentía las orejas hirviendo y una rara inquietud en el estómago. No me oyeron cuando les grité desde la puerta: ¡me voy un rato a la calle!

Fue un impulso incontenible. Llamé a la puerta de Leonor, extrañamente excitado. Ella abrió y me sonrió. Comprendí que no necesitaba justificar mi visita y eso me alivió del sentimiento de culpa que siempre me acompaña cuando tomo una decisión. Me invitó a comer dátiles y frutas escarchadas en anís.

Conversamos. Me trataba como a un igual y en cierta forma lo era. Iguales en un apartamento empequeñecido a su medida por las gruesas cortinas drapeadas que cubrían el cielo raso y los muebles de casa de muñecas. Era como jugar a casitas pero al revés. Me sentía tan bien que me hubiera quedado para siempre pero temía que mi madre empezara a buscarme. Quería guardar aquel secreto para mí solo.

Cuando nos despedimos y Leonor me besó en la mejilla, muy cerca del labio inferior, una tensión fulminante contrajo mi sexo. ¡Me parecía tan hermosa, tan accesible!

Después de aquella visita, los martes iba siempre a su casa. Pasaba unos minutos, cada vez menos, con tía Fernina y luego iba a verla. Me ofrecía deliciosos bocadillos, pasteles y batidos. A veces también bebíamos vino dulce.

Al principio yo rehuía el contacto físico, aunque lo deseaba a muerte, pero ella fue seduciéndome poco a poco, sin estridencias. Me quitaba el abrigo, el suéter, me acariciaba el pelo y se sentaba a horcajadas en mis rodillas para contarme historias increíbles de su numerosa familia de enanos aventureros.

Unas semanas después, abandoné las clases de inglés y en ocasiones, faltaba también a las clases del colegio para estar más tiempo con Leonor. Cuando ella no había llegado todavía, encontraba la llave debajo del felpudo. Pasábamos juntos tres, cuatro horas, a veces más. Cuando se hacía tarde, me daba dinero para que regresara a casa en taxi. Nadie sospechaba nada y yo era rabiosamente feliz. Nos tirábamos en la alfombra, abrazados y nos dábamos interminables besos en la boca. Nos acostábamos en la cama colgante de Leonor, una cama-cuna de madera roja, repleta de volantes de organdí y estrechamente abrazados, besándonos sin descanso, nos mecíamos suavemente.

Un martes salí de casa de Leonor y me dirigí al metro. Había un gran tumulto y muchos policías en jeep y a caballo. Una manifestación de estudiantes bloqueaba las calles y las bocas del metro. Sin pensarlo mucho, regresé a casa de tía Fernina, excitado por la idea de volver cerca de Leonor. Será mejor que te quedes esta noche aquí, ya es muy tarde, me dijo mi tía. Llamamos a mamá y nos dijo que estaba de acuerdo.

Yo fingía hacer tareas sobre la mesa del comedor mientras mi tía leía. Estaba tan agradecido con el destino por haber hecho coincidir el azar con mis deseos, que no aguantaba la felicidad.

Cenamos una delgadísima sopa de cubitos y un huevo frito. Tía Fernina se fue a su cuarto a dormir y yo me acosté en el sofá de la sala. La impaciencia me comía, pero tenía que ser prudente.

Esperé casi una hora que se me hizo eterna. Luego, lo más sigilosamente que pude, descorrí los cerrojos y dejé entornada la puerta. El pasillo estaba negro y a tientas me acerqué a la puerta de Leonor. Estaba cerrada y no me atreví a sonar el timbre. Toqué varias veces con los nudillos. Nada. Se me ocurrió levantar el felpudo y ¡ahí estaba la llave! Agradecido nuevamente con mi buena estrella, abrí la puerta muy despacio, como quien empuja una pluma. Ya había dado el primer paso sobre la alfombra cuando los vi en la penumbra rojiza de la sala.

La lengua azulosa recorría lentamente el cuerpo blanquísimo de Leonor. Sus ojos verdes, entreabiertos, colgaban su mirada de los amplios cortinajes del techo. La enorme cabeza del hombre avanzaba lentamente por su vientre, lamiendo la blanca crema que cubría el cuerpo de Leonor. Cada cierto tiempo, retrocedía, con un movimiento de buey, al pecho, a los pezones, a los labios.

Observé una enorme casaca militar que se desbordaba sobre el respaldo de la silla. Junto a ella, en el suelo, unas botas altas y negras.

Después regresé a los ojos de seda de Leonor, sorprendido y fascinado por su placidez. Deseaba besarla y al mismo tiempo golpearla. Quedarme allí y salir corriendo. Reír y llorar.

Empujé la puerta y me arrodillé en el suelo. Era tanto el silencio que podía oír mi corazón. La anchísima espalda desnuda se irguió un momento y el hombre avanzó penosamente sobre sus rodillas hasta el extremo de la mesa donde estaban los pies de Leonor.

La luz de la lámpara le alumbró la cara. Sus facciones caían mansamente, como cera blanda. Sus orejas me parecieron enormes, el bigote repulsivamente delgado y los ojos casi ocultos por las arrugas de los párpados.

Comenzó a lamer, muy despacio, los pies diminutos. Oí los primeros quejidos de Leonor, después su risa ronca, irreconocible. Vi cómo se contraía sobre la mesa con sacudidas cortas y violentas. El hombre apresuró los movimientos, lamiendo, mordiendo, devorando los pies de Leonor. Sus manos anchas y oscuras se hundían en la crema blanca, resbalando entre las piernas que se agitaban en el aire. Leonor aullaba como sólo un animal podría hacerlo.

El hombre se incorporó de repente. Era altísimo, abovedado sobre Leonor minúscula, aplastándola, rozando con su espalda las cortinas del techo, gritando obscenidades.

Me tapé la boca para no gritar y corrí a ciegas hasta el sofá. Me cubrí con las mantas, me tapé los oídos, pero los aullidos de Leonor me persiguieron hasta allí, me arañaban la espalda, me lamían el cuello, mi querida Leonor, manoseada por aquel gigante viejo y obsceno.

Después ya no era él, sino yo quien la acariciaba, la poseía y los gemidos de mi primera vez, se confundieron largamente con sus gritos.

CUAL NOMBRE DECIR

Acepto que tú lo conociste primero. Compartió contigo sus fantasías de papel. Pero yo lo deseé antes que tú. Mis fantasmas unánimemente lo desearon cuando lo vi en el vestíbulo, conversando con un grupo de muchachas que lo rodeaban. Advertí su presencia desde lejos, al doblar la esquina de la Biblioteca y después, sorpresivamente a mi lado, en el aula.

Todos los aspectos debieron influir. El se destacaba de la masa ruinosa y aburrida que llenaba el edificio. Más alto, más delgado, más deseable que ningún otro.

No sé qué viste en él, tú que tienes los ojos selectivos para percibir tan sólo lo rentable en cualquier categoría. Yo vi un pedazo de espejo, el lado bueno de mi adolescencia, turbulenta y acorralada como todas. Los amigos más queridos, entre libros, sueños y parques, tenían su aspecto, febril, del que busca infatigablemente un camino.

Mis recuerdos más dulces lo envolvían como olas y en el centro callado de la tormenta, sus ojos de ciervo adolescente, vertiendo significados como el cielo en el cuento aquel de Virginia Wolf. No puedo enfrentar con serenidad tanta ambigüedad junta.

Te aprovechas de tu poder, enseñas tu juego tranquilamente, segura como estás de las cartas que tienes. Nada puedo hacer. Nada tal vez hubiera podido conseguir de él, pero me duele la incertidumbre, ésa de un día voy a vencer mi timidez con los hombres, me voy a acercar y voy a decirle: me gustaría abrazarte.

Tú lo hiciste. Estoy segura de que han pasado la noche juntos. No lo sé por olores o colores porque no tengo experiencia. Lo sé por tus ojos de serpentina, porque ya cesó tu telaraña de acosos y pretextos. Ya lo conseguiste. Te has acostado con él y lo has tenido en tus brazos y le has besado en los ojos, no con amor, qué simpleza, estás de vuelta y amor es sólo una palabra para ti y te quiero un truco infantil que no soportas. Lo besaste de prisa, más allá de él mismo, con ansias de tren perdido, añoranza de aventura, desde el peldaño de arriba que tanto peleaste, falsa niña inocente.

Ya no puedo desearle. A su alrededor hay zozobra, restos de naufragios, pero de vez en cuando lo miro, porque sigue siendo el náufrago más hermoso del mundo, hermano de aquel ahogado ajeno de García Márquez.

A veces sueño que fui yo y no tú, era mi cuerpo junto al suyo, nuestro el sudor abrazado que olía a hierba. Pero tu figura displicente irrumpe en medio del abrazo, desata las lenguas enlazadas para recordarme que fuiste tú y no yo.

Te recuestas junto a él, ahí en mi sueño y él te mira con ojos de miel y de abandono. Se abrazan, se hunden en mi lecho y ahí, en mi sueño, creo que los odio.

Esta mañana, al salir de tu oficina –*tu* oficina, *tu* secretaria, *tu* chofer, una larga serie de *tu*, insaciable poseedora, has resultado buena imitadora del modelo en el poder– me sonreíste, un amago de sonrisa, un gesto de catálogo. Podés revisarme estas pruebas, por favor, me dijiste, tengo una cita.

Sabes que lo voy a hacer, siempre hago lo que me pides aunque sepa, como hoy lo sé, que vas a salir con él –los moteles siempre están llenos al mediodía–.

Pasaste junto a mi escritorio, rozándolo y yo miré tus nalgas de gelatina, como venganza, porque sé que te acomplejan. Luego, desde el carro, me tiraste unas revistas extranjeras para que las fuera a dejar a tu casa. Nunca había estado allí. Tu casa podía ser un castillo de roca con un puente levadizo que no se baja nunca, o una isla amurallada de acantilados o una bola de piedra defendida por enigmas insolubles. Pero tu casa es como todas las casas. La sala comedor, los adornos de cerámica, la cortina de plástico en la ducha, el olor a verduras cocinándose. Y con todo, al entrar en tu cuarto, sentí pudor, como si debiera quitarme los zapatos o santiguarme o algo así.

Tirado sobre la cama había un suéter blanco. No sé por qué lo cogí y lo escondí. Era muy grande para ser tuyo, aunque podría serlo. También podía ser de él.

Lo tomo en mis brazos, lo acaricio suavemente y se deja, como un gato de angora. Me asalta de pronto tu cara sin maquillar. No sé, pero me duele que te hayas vuelto tan indiferente conmigo. Me interrumpes cuando hablo, cambias de tema, vas a lo tuyo, siempre, sin descender jamás a un pequeño tiempo perdido. Y la gente, tonta de ella, te respeta porque no sabes escuchar. Seguramente a él si lo escuchas cuando balbucea con sus labios lilas. Finges interesarte mientras le acaricias la piel, vello por vello, negros, distantes... abrazo el suéter blanco, blando, lo beso, lo deslizo suavemente por mi piel, entre mis pechos, se ondula sobre mi vientre, te quiero, te quiero, y en el momento más oscuro del placer, no sé si decir su nombre o el tuyo.

EL ALBATROS DEL EMPERADOR YUNAN

Tenía que haber sospechado de qué se trataba cuando al pisar el último escalón éste descendió bruscamente en el vacío. Pero aún así la fuerza del destino se impuso en el escenario. Tenía que seguir adelante. Caminé por el pasillo con esa rapidez felina que produce el miedo. Debía entrar en una de aquellas habitaciones, a pesar de todo, estaba escrito en algún libro antiguo con la tinta negra o azul de la fatalidad.

Me detuve frente a la última puerta, las rodillas atravesadas por un clavo de miedo, el vello levemente erizado y mi sereno observatorio mental contemplando con sorna las reacciones niñas de mi cuerpo. A mi espalda el muro sólido de la noche me impedía regresar, ¿a dónde? ¿a dónde podía regresar? ¿de dónde venía? Cada segundo el muro avanzaba detrás de mí con la certidumbre de un tanque ciego, cortando cualquier intento de retirada.

El camino delgado que había seguido, dibujado por un dedo transparente, pólipo marino, anfibio salido de un mar fosforescente, era el previsto para mis pies diminutos de geisha, muñeca de cartón piedra, ojos de esquimal. Toda yo era tan menuda que no podía huir del destino. Aún recogiendo con avaricia los peores recuerdos de traiciones y mentiras, soledades y fracasos, nunca tendría la fuerza para decidir el regreso. ¿A dónde, de todas maneras? Las preguntas absurdas deberían abolirse, al menos en momentos como éste, pero mi cerebro rumiante se resiste, adicto como es a la química reiterada de las obsesiones. Por eso finalmente las dejo torturarme, enrollarse en la punta larga de mi túnica morada, escalar por talones pretenciosamente invencibles y seducirme con recuerdos y premoniciones que debería olvidar por mi bien.

La puerta está cerrada y esto hace aún más doloroso mi destino pues yo misma tendré que abrirla y nadie entonces se hará cargo de la culpa. El espacio se contrae, tres tanques negros y rugientes me rodean, una espada de fuego en su único ojo erecto cierra el regreso a la inocencia, y el norte de la rosa de los vientos me señala la puerta cerrada, último pétalo, página, carta.

No quiero pensar en lo que me espera al otro lado. Creo saber que se trata de un hombre, ¿no es acaso suficiente? Acerco la mano a la llave y se cubre de serpientes blancas. No es la primera vez que eso ocurre y aunque sé que son mentira, me dan miedo y siento terror de mi propio miedo y de la imposibilidad de escapar del siguiente acto y de todos los que vendrán después.

Abro la puerta. Lo primero un olor a mar, a algas, a moluscos negros, a yodo y sal, un olor áspero que me satura hasta el vómito. Después todo es verdeazul oscuro. En el centro del cuarto hay una cama enorme y altísima. Sábanas muy blancas, infladas por un viento inexistente, golpean el suelo con un ruido de velas desesperadas. Pienso si estaré en alta mar, en un barco fantasma, completamente vacío y a la deriva. Y esta suposición no me asusta, al contrario, me estremece de placer, una sensación aventurera y saltarina me brinca en el pecho, y me siento de pronto poderosa, ya quiero salir a cubierta, llegar al punto más osado de la proa y surcar insaciable un mar infinito.

Un gemido me detiene, un gemido ronco y desdichado que viene de las velas sacudidas por el viento, y nuevamente siento miedo, otra vez pequeña geisha de pies amordazados. Podría taparme los oídos, amarrarme a un poste y hacer mil nudos marineros para no ceder al miedo y a la tentación de acercarme y mirar. Y me acerco, encorvada para hacerme más pequeña, y miro: sobre las sábanas blancas, hay un hombre dormido. Así de indefenso, me atrevo a mirarle, parece un náufrago. Me turba su soledad, su cuerpo delgado, la ropa hecha jirones, la barba crecida. Debe estar soñando algo terrible para gemir con una tristeza tan honda. Me acerco más, el olor a mar sale de su piel. ¿De qué fondos marinos vendrá este hombre?

Me siento a sus pies y le contemplo. Parece un niño abandonado, así dormido, el hombre más dulce de la tierra y el gesto desolado de su rostro sólo logra embellecerlo más.

Ya no quiero ir a cubierta. Tal vez ni siquiera sea éste un barco. Prefiero quedarme a su lado, surcando la serenidad de su cuerpo con mis ojos confiados. Tomo su mano y la beso despacio. Está muy fría. Es una mano larga, blanca, de venas color lila, huesos puntiagudos y tan liviana que parece de aire. Se despierta y encuentro sus ojos verdeazules, los miro sin temor y sin asombro, me detengo en cada punto de su iris y navego hacia adentro, me deslizo en el mar infinito, sobre el punto más osado de mi proa y descubro los corales, las madréporas, las esponjas, las algas más suaves que me enlazan, me amarran, me arrastran y me elevan por encima de las olas y regreso sin aliento a sus ojos que me miran, el rostro afilado que sonríe de pronto, inesperadamente, y queda así conjurado el fantasmal deseo de enamorarme otra vez y fingir para mi solo placer que ignoro todo lo que ya sé.

Se inclina hacia mí, tan frágiles sus hombros, que no sé qué hacer con su olor a mar y su sonrisa, excepto amarle, amarle como nunca antes me había atrevido, con la suavidad de las olas, ondulando el cuerpo como un alga abandonada a las corrientes.

El verdeazul se vuelve luz, su cuerpo brilla y me dejo hundir atraída por sus brazos en las sábanas flotantes, sin adivinar de dónde puede venir aquella brisa, sin importarme si el barco zozobra o alza el vuelo, o si no es un barco y en realidad estoy en una urna transparente de cristal en un hueco del acantilado tibio por el sol.

No importa nada, ni el peldaño que descendió bajo mis pies, por eso cierro los ojos, para sentir sus manos frías recorrer mi cuerpo, hundirse en mi carne, ahora esponja que se deshace por la presión más leve, más redonda, más sabia de sus dedos.

Ha pasado tanto tiempo que ya no sé qué día es hoy, si es que acaso es otro día. El cuarto sigue inundado de luz pero él no está y si él no está, presiento que nada de esto tiene sentido. Tendría entonces que volver por el pasillo, si es que todavía sigue ahí, recorrer con una nueva pesadumbre el pequeño sendero que tal vez ahora un caracol diminuto dejó marcado de plata, un puente para huir. Tendría que soportar con una tristeza vieja la mirada angulosa de los tanques y resignarme a mis pies más pequeños que nunca.

Me miro la piel como se mira al atardecer, con la nostalgia de sus manos idas. Levanto los ojos y descubro una ventana redonda que no había visto antes o que nunca antes estuvo ahí. El sol y la brisa entran por ella al cuarto, enredados, dando saltos, agitando sábanas, cálidos y húmedos. Me llega entonces con toda claridad el rumor intenso del mar, y me nacen en la piel pequeñas algas de alegría, diminutos moluscos de entusiasmo casi olvidado. Corro a la ventana y allí está el mar. Me hundo suavemente y el muro de agua color mercurio asciende amenazante hasta cubrir el horizonte, después soy yo la que me elevo y el mar se ondula a mis pies. Un juego infinito de amor, de darse y recibirse sin conciencia de los límites.

Podría desatar todas las amarras y emprender un vuelo firme y sin retorno hacia arriba o hacia abajo, cielo o mar. Me siento capaz de volar, es posible, podría hacerlo, lo sé y eso me basta por ahora.

Me quedo quieta, los brazos cruzados sobre la madera húmeda y abierta, bajando y subiendo. Me hundo en el mar, asciendo de nuevo, renacida entre las olas. La espuma blanca me salpica los labios. Saboreo la sal, sonrío y sé que mi sonrisa se parece ahora a la suya.

Sobre el mar en calma una larga ola se desliza, se enrosca, salta, toda ella espuma y vuelve a caer, a rizarse, dibujando brillantes caracolas, la veo golpearse, sacudirse embravecida, sin abandonar nunca su blancura y finalmente el viento hombrón acude y resopla, la levanta, la eleva desplegando un arco iris de lluvia. La veo volar en el cielo, un poderoso albatros agita sus alas inmensas.

No sé por qué alzo los brazos como un náufrago perdido, por qué lo llamo con los gritos más ardientes de los que soy capaz y él responde con un chillido que me asusta y me fascina. Sin mover las alas, limpiamente apoyado en el viento, se deja llevar, fantástico vagabundo, planeando hacia mí, compadecido o tal vez enardecido por mi reclamo. Huele a mar y viento fresco cuando entra en el cuarto. Sobre el piso que se mece recoge sus alas y me mira de perfil. Reconozco la espuma del mar en sus alas y la audacia del viento en su mirada indómita. Un graznido hambriento sale de su pico curvo y amarillo o quizás viene de más lejos, de profundas simas abismales donde duermen las voces ahogadas de marinos y argonautas. Creo que percibe mi sorpresa y mi embeleso porque abre con suavidad sus alas y las agita levemente. Camina ondulando su cuerpo y se detiene muy cerca de mí. Le pregunto cuántos navegantes solitarios ha seguido en sus viajes sin retorno, cuántos náufragos hermosos se han perdido en sus pupilas húmedas donde oculta un mar de borrascas y plenilunios. Le acaricio la cabeza pequeña, el cuello largo que se estira, se desliza entre mis dedos y se dobla con ternura sobre mi pecho. Nos abrazamos en silencio, él con la ancha envergadura de sus alas y yo descubriendo con asombro entre sus plumas la carne firme y durísima de potente viajero alado.

Y sueño otro sueño en el que vuelo con él, las piernas aferradas a su cuerpo delgado, un viaje audaz y salvaje sobre las olas, flor de agua, salpicados de sal y mar, devorando peces vivos, calamares, moluscos, insaciables los dos frente a un mar infinito y puedo ver desde la ventana redonda del cuarto nuestra silueta de ave-monstruo, ave-mujer, dragón-volador, recortada en el único rojo marino del atardecer.

Cuando regreso estoy desperdigada sobre la cama, de bruces en una soledad que no comprendo, hundida entre las velas inmóviles de este tálamo recurrente, ¿dónde está la brisa? ¿dónde está él? ¿náufrago albatros?

Hace tiempo descubrí el desperdicio del llanto, por eso ya no lloro nunca, pero hoy que no sé qué día es, ahora que no sé si es de día o de noche y tengo sólo una leve conciencia de que esa mujer desmadejada y perdida debo ser yo, hoy, ahora, sí voy a llorar, un fluirme a mí misma que es como llorar hacia adentro, hundirme en mi propio pozo submarino, abismal y nocturno, reencontrar allí mis fantasmas sonámbulos de ojos luminosos y cuerpos anaranjados, violetas y escarlatas. ¿A qué otro lugar podría ir? Y así lentamente me voy durmiendo en otro sueño.

Es un sueño largo, de amaneceres y crepúsculos sucesivos, donde las lágrimas recorren antiguos caminos de encuentros y desencuentros, todos siempre el mismo, repitiendo el rito mágico que renovará la vida, si la vida se renueva más allá del espejismo. Este deseo de sus manos y sus alas es un sueño también, un disfraz para confundir al vacío, como ponerse collares y pulseras de coral para ahuyentar la muerte.

Han pasado varios días, varias noches, sin acercarme al mar, tirada en los rincones del cuarto, en las esquinas de la cama, he ido haciéndome más pequeña y arrugada, geisha envejecida, ojos de hielo, muñeca de cartón olvidada, resistiendo las embestidas de la nostalgia. Es inútil taparme los oídos, los reclamos del albatros me torturan desde adentro, él está muy lejos o tal vez no existe o está ahora, esta noche, como tantas otras, dormido sobre las olas, la menuda cabeza debajo del ala, ese rincón duro y tibio que ya no quiero olvidar.

Acaricio la almohada donde se perdió su rostro, no te recrimino nada pero déjame decirte un único lamento: ¿por qué un albatros? Mi cuerpo piedra nunca podrá alzar el vuelo para seguirte, cómo hiciste tú para aligerar el tuyo, para inundar huesos y cavidades de viento salobre, para convertir tu pecho hundido en esa poderosa quilla que surca y penetra el mar como un arado excesivo. No podré seguirte náufrago querido cuando saltas al vacío desde el acantilado y te dejas llevar por el viento, cuando te alías con la tormenta para burlar al mar.

No era cierto, no podía volar. Me quedaré en la tierra árida y rocosa, esperando que regreses, si regresas, si es que existes.

Esta decisión me hace despertar. Recuerdo con tanta viveza el sueño que el sabor del mar y la nostalgia son tan reales como este sol hiriente que entra ahora por la ventana. Pienso en ti, náufrago albatros, y acepto despierta la decisión que tomé en sueños: quedarme en tierra. Eso sí, recordar y envidiar la gloriosa vida de las aves que ni siembran ni recogen, suntuosas y afortunadas. Limitarme, como el pueblo del emperador Yunán, a no ser demasiado feliz ni demasido desdichada. Enseñaré a mi capacidad de asombro a descubrir milagros en lo cotidiano. En cada atardecer, en cada pájaro que vea volar, te reconoceré.

Querido:

Ya nunca olvidaré tu abrazo, o lo olvidaré a medias, lo dejaré perdido entre sábanas domesticadas, al amanecer, cuando algunos pájaros, tal vez los últimos, vengan a cantar en las ramas de la jacaranda.

La mañana me dejará desnuda, con la piel abierta, con la nostalgia de la otra piel que te llevaste pegada a tu cuerpo. No olvidaré tu abrazo, esa manera tuya de apretarme, dejarme sin aliento, la carne atravesada, disuelta, el cuerpo desgajado de su eje, sin punto de apoyo para mover ningún mundo, para comprender las cosas que después de ti diluyeron su dureza en el atardecer. Olvidaré tu cuerpo sólo a medias, para revivirlo en la cajita de cristal del emperador Yunán, donde vuelan pájaros de mentira, besos de mentira, palabras enloquecidas como en este cuento, donde los puntos cardinales se han perdido, Estrella Polar, Cruz del Sur, las cuatro fases de la luna al mismo tiempo, todo fundido en el hueco negro de tu ausencia.

Nunca olvidaré tu abrazo y menos que nunca esta noche en que vomité el último pájaro blanco de mi vida. Aquí lo tengo muerto entre mis brazos, entre tantas palabras, suave aún, caliente. Recorro con mis dedos el asombro de un cuerpo duro y firme que alzó vuelo sin esfuerzo, esquivando puertas y ventanas, tejados, cables y antenas, un solo y poderoso impulso hacia el cielo, hacia otras primaveras.